Kontaktadresse nach EU-Produktsicherheitsverordnung:
produktsicherheit@fischerverlage.de

Wilhelm Busch

Das große Lesebuch

Fischer Taschenbuch Verlag

2. Auflage

Originalausgabe

Printed in Germany
ISBN 978-3-596-90050-3

Unsere Adressen im Internet:
www.fischerverlage.de
www.fischer-klassik.de

Inhalt

Was mich betrifft

I

Es scheint wunderlich; aber weil andre über mich geschrieben, muß ich's auch einmal tun. Daß es ungern geschähe, kann ich dem Leser, einem tiefen Kenner auch des eigenen Herzens, nicht weismachen; daß es kurz geschieht, wird ihm eine angenehme Enttäuschung sein.

Ich bin geboren am 15. April 1832 zu Wiedensahl als der Erste von sieben.

Mein Vater war Krämer; klein, kraus, rührig, mäßig und gewissenhaft; stets besorgt, nie zärtlich; zum Spaß geneigt, aber ernst gegen Dummheiten. Er rauchte beständig Pfeifen, aber, als Feind aller Neuerungen, niemals Zigarren, nahm daher auch niemals Reibhölzer, sondern blieb bei Zunder, Stahl und Stein, oder Fidibus. Jeden Abend spazierte er allein durchs Dorf; zur Nachtigallenzeit in den Wald. Meine Mutter, still, fleißig, fromm, pflegte nach dem Abendessen zu lesen. Beide lebten einträchtig und so häuslich, daß einst über zwanzig Jahre vergingen, ohne daß sie zusammen ausfuhren.

Was weiß ich denn noch aus meinem dritten Jahr? Knecht Heinrich macht schöne Flöten für mich und spielt selber auf der Maultrommel, und im Garten ist das Gras so hoch und die Erbsen sind noch höher; und hinter dem strohgedeckten Hause, neben dem Brunnen, stand ein Kübel voll Wasser, und ich sah mein Schwesterchen drin liegen, wie ein Bild unter Glas und Rahmen, und als die Mutter kam, war sie kaum noch ins Leben zu bringen. Heut (1886) wohn ich bei ihr.

Gesangbuchverse, biblische Geschichten und eine Auswahl der Märchen von Andersen waren meine frühste Lektüre.

Als ich neun Jahr alt geworden, beschloß man, mich dem Bruder meiner Mutter in Ebergötzen zu übergeben. Ich freute mich drauf; nicht ohne Wehmut. Am Abend vor der Abreise plätscherte ich mit der Hand in der Regentonne, über die ein Strauch von weißen Rosen hing, und sang Christine! Christine! versimpelt für mich hin. Früh vor Tag wurde das dicke Pommerchen in die Scherdeichsel des Leiterwagens gedrängt. Das Gepäck ist aufgeladen; als ein Hauptstück der wohlverwahrte Leib eines alten Zinkedings von Klavier, dessen lästig gespreiztes Beingestell in der Heimat blieb; ein ahnungsvolles Symbol meiner musikalischen Zukunft. Die Reisenden steigen auf; Großmutter, Mutter, vier Kinder und ein Kindermädchen; Knecht Heinrich zuletzt. Fort rumpelt's durch den Schaumburger Wald. Ein Rudel Hirsche springt über den Weg; oben ziehen die Sterne; im Klavierkasten tunkt es. – Nach zweimaligem Übernachten bei Verwandten wurde das Ebergötzener Pfarrhaus erreicht.

Der Onkel (jetzt über 80 und frisch) war ein stattlicher Mann, ein ruhiger Naturbeobachter und äußerst milde; nur ein einziges Mal, wennschon öfters verdient, gab's Hiebe mit einem trocknen Georginenstengel; weil ich den Dorftrottel geneckt. Gleich am Tage der Ankunft schloß ich Freundschaft mit dem Sohne des Müllers. Sie ist von Dauer gewesen. Alljährlich besuch ich ihn und schlafe noch immer sehr gut beim Rumpumpeln des Mühlwerks und dem Rauschen des Wassers.

Einen älteren Freund gewann ich in dem Wirt und Krämer des Orts. Haarig bis an die Augen und hinein in die Halsbinde und wieder heraus unter den Rockärmeln bis an die Fingernägel; angetan mit gelblichgrüner Juppe, die das hintere Mienenspiel einer blauen Hose nur selten zu bemänteln suchte; stets in ledernen Klappantoffeln; unklar, heftig, nie einen Satz zu Ende sprechend; starker Schnupfer; geschmackvoller Blumenzüchter; dreimal vermählt; ist er mir bis zu seinem Tode ein lieber und ergötzlicher Mensch gewesen.

Bei ihm fand ich einen dicken Liederband, welcher durchgeklimpert, und viele der freireligiösen Schriften jener Zeit, die begierig verschlungen wurden.

Der Lehrer der Dorfjugend, weil nicht der meinige, hatte keine Gewalt über mich – solange er lebte. Aber er hing sich auf, fiel herunter, schnitt sich den Hals ab und wurde auf dem Kirchhof dicht unter meinem Kammerfenster begraben. Und von nun an zwang er mich allnächtlich, auch in der heißesten Sommerzeit, ganz unter der Decke zu liegen. Bei Tage ein Freigeist, bei Nacht ein Geisterseher.

Meine Studien teilten sich naturgemäß in beliebte und unbeliebte. Zu den erstern rechne ich Märchenlesen, Zeichnen, Forellenfischen und Vogelstellen. Zwischen all dem herum aber schwebte beständig das anmutige Bildnis eines blonden Kindes, dessen Neigung zu fesseln, oder um die eigene glänzen zu lassen, ein fabelhafter Reichtum, eine übernatürliche Gewandtheit und selbst die bekannte Rettung aus Feuersgefahr mit nachfolgendem Tode zu den Füßen der Geliebten sehr dringend zu wünschen schien.

Etwa ums Jahr 45 bezogen wir die Pfarre zu Lüthorst. – Vor meinem Fenster murmelt der Bach; dicht drüben steht ein Haus; eine Schaubühne des ehelichen Zwistes; der sogenannte Hausherr spielt die Rolle des besiegten Tyrannen. Ein hübsches natürliches Stück; zwar das Laster unterliegt, aber die Tugend triumphiert nicht. – In den Stundenplan schlich sich nun auch die Metrik ein. Die großen heimatlichen Dichter wurden gelesen; ferner Shakespeare. Zugleich fiel mir die Kritik der reinen Vernunft in die Hände, die, wenn auch noch nicht ganz verstanden, doch eine Neigung erweckte, in den Laubengängen des intimeren Gehirns zu lustwandeln, wo's bekanntlich schön schattig ist.

Sechzehn Jahr alt, ausgerüstet mit einem Sonett nebst zweifelhafter Kenntnis der vier Grundrechnungsarten, erhielt ich Einlaß zur polytechnischen Schule in Hannover, allwo ich mich in der reinen Mathematik bis zu No. I mit Auszeichnung emporschwang. – Im Jahr 48 trug auch ich mein gewichtiges Kuhbein, welches nie scharf geladen werden durfte, und erkämpfte mir in der Wachtstube die bislang noch nicht geschätzten Rechte des Rauchens und des Biertrinkens; zwei Märzerrungenschaften, deren erste mutig bewahrt, deren zweite durch die Reaktion des Alters jetzt merklich verkümmert ist. – Nachdem ich drei bis vier Jahre in Hannover gehaust, verfügt ich mich, von einem Maler ermuntert, in den Düsseldorfer Antikensaal. Unter Anwendung von Gummi, Semmel und Kreide übte und erlernt ich daselbst die beliebte Methode des Tupfens, mit der man das reizende lithographische »Korn« erzeugt. –

Von Düsseldorf geriet ich nach Antwerpen in die Malschule. – Ich wohnte am Eck der Käsbrücke bei einem Bartscherer. Er hieß Jan und sie hieß Mie. Zu gelinder Abendstunde saß ich mit ihnen vor der Haustüre, im grünen Schlafrock, die Tonpfeife im Munde; und die Nachbarn kamen auch herzu; der Korbflechter, der Uhrmacher, der Blechschläger; die Töchter in schwarzlakkierten Holzschuhen. Jan und Mie waren ein zärtliches Pärchen, sie dick, er dünn; sie balbierten mich abwechselnd, verpflegten mich in einer Krankheit und schenkten mir beim Abschied in kühler Jahreszeit eine warme rote Jacke nebst drei Orangen. – Wie war mir's traurig zu Mut, als ich voll Neigung und Dankbarkeit nach Jahren dies Eck wieder aufsuchte, und alles war neu, und Jan und Mie gestorben, und nur der Blechschläger pickte noch in seinem alten eingeklemmten Häuschen und sah mich trüb und verständnislos über die Brille an.

Den deutschen Künstlerverein, bestehend aus einigen Malern, aus politischen Flüchtlingen und Auswanderungsagenten, besucht ich selten, fühlte mich aber geehrt durch Aufnahme einiger Scherze in die Kneipzeitung.

In Antwerpen sah ich zum erstenmal im Leben die Werke alter Meister; Rubens, Brouwer, Teniers; später Frans Hals. Ihre göttliche Leichtigkeit der Darstellung, die nicht patzt und kratzt und schabt, diese Unbefangenheit eines guten Gewissens, welches nichts zu vertuschen braucht, dabei der stoffliche Reiz eines schimmernden Juwels, haben für immer meine Liebe und Bewunderung gewonnen; und gern verzeih ich's ihnen, daß sie mich zu sehr geduckt haben, als daß ich's je recht gewagt hätte, mein Brot mit Malen zu verdienen, wie manch anderer auch. Die Versuche, freilich, sind nicht ausgeblieben; denn geschafft muß werden, und selbst der Taschendieb geht täglich auf Arbeit aus; ja, ein wohlmeinender Mitmensch darf getrost voraussetzen, daß diese Versuche, deren Resultate zumeist für mich abhanden gekommen, sich immerfort durch die Verhältnisse hindurchziehen, welche mir schließlich meinen bescheidenen Platz anwiesen.

Nach Antwerpen hielt ich mich in Wiedensahl auf. Was sich die Leute »ut oler welt« erzählten, klang mir sonderbar ins Ohr. Ich horchte genauer. Am meisten wußte ein alter, stiller, für gewöhnlich wortkarger Mann. Einsam saß er abends im Dunkeln. Klopft ich ans Fenster, so steckte er freudig den Trankrüsel an. In der Ofenecke steht sein Sorgensitz. Rechts von der Wand langt er sich die sinnreich senkrecht im Kattunbeutel hängende kurze Pfeife, links vom Ofen den Topf voll heimischen Tabaks, und nachdem er gestopft, gesogen und Dampf gemacht, fängt er seine vom Mütterlein ererbten Geschichten an. Er erzählt gemächlich; wird's aber dramatisch, so steht er auf und wechselt den Platz, je nach den redenden Personen; wobei denn auch die Zipfelmütze, die sonst nur leis nach vorne nickte, in mannigfachen Schwung gerät.

Von Wiedensahl aus besucht ich den Onkel in Lüthorst. Ein Liebhabertheater im benachbarten Städtchen zog mich in den angenehmen Kreis seiner Tätigkeit; aber ernsthafter fesselte mich das wundersame Leben des Bienenvolkes und der damals wogende Kampf um die Parthenogenesis, den mein Onkel als gewandter Schriftsteller und Beobachter entscheidend mit durchfocht. Der Wunsch und Plan, nach Brasilien auszuwandern, dem Eldorado der Imker, blieb unerfüllt. Daß ich überhaupt praktischer Bienenzüchter geworden, ist freundlicher Irrtum.

Bei Gelegenheit dieser naturwissenschaftlichen Liebhaberei wurde unter andern auch der Darwin gelesen, der unvergessen blieb, als ich mich nach Jahren mit Leidenschaft und Ausdauer in den Schopenhauer vertiefte. Die Begeisterung für dieselben hat etwas nachgelassen. Ihr Schlüssel scheint mir wohl zu mancherlei Türen zu passen, in dem verwunschenen Schloß dieser Welt, nur nicht zur Ausgangstür.

Von Lüthorst trieb mich der Wind nach München, wo bei der grad herrschenden akademischen Strömung das kleine nicht eben geschickt gesteuerte Antwerpener Schifflein gar bald auf dem Trockenen saß. – Um so verlockender winkte der Künstlerverein. Die Veröffentlichung der dort verübten Späße, besonders der persönlichen Verhohnhacklungen, ist mir unerwünscht. Was hilft's? Dummheiten, wenn auch vertraulich in die Welt gesetzt, werden früher oder später doch leicht ihren Vater erwischen, mag er's wollen oder nicht. –

Es kann 59 gewesen sein, als die »Fliegenden« meinen ersten Beitrag erhielten: zwei Männer auf dem Eise, von denen einer den Kopf verliert. – Ich hatte auf Holz zu erzählen. Der alte praktische Strich stand mir wie andern zur Verfügung; die Lust am Wechselspiel der Wünsche, am Wachsen und Werden war auch bei mir vorhanden. So nahmen denn bald die kontinuierlichen Bildergeschichten ihren Anfang, welche, mit der Zeit sich unwillkürlich erweiternd, mehr Beifall gefunden, als der Verfasser erwarten durfte. Wer sie freundlich in die Hand nimmt, etwa wie Spieluhren, wird vielleicht finden, daß sie, trotz bummlichten Aussehens, doch teilweis im Leben geglüht, mit Fleiß gehämmert und nicht unzweckmäßig zusammengesetzt sind. Fast sämtlich sind sie in Wiedensahl gemacht, ohne wen zu fragen und, ausgenommen ein allegorisches Tendenzstück und einige Produkte des drängenden Ernährungstriebes, zum Selbstpläsier. Hätte jedoch die sorglos in Holzschuhen tanzende Muse den einen oder andern der würdigen Zuschauer auf die Zehe getreten, so wird das bei ländlichen Festen nicht weiter entschuldigt. Ein auffällig tugendsames Frauenzimmer ist's freilich nicht. Aber indem sie einerseits den Myrthenzweig aus der Hand des übertriebenen Wohlwollens errötend von sich ablehnt, hält sie anderseits gemütlich den verschleierten Blick eines alten Ästhetikers aus, dem bei der Bestellung des eigenen Ackers ein Stäubchen Guano ins Auge geflogen. – Man hat den Autor, den diese Muse begeistert, für einen Bücherwurm und Absonderling gehalten. Das erste ohne Grund, das zweite ein wenig mit Recht. Seine Nachlässigkeit im schriftlichen Verkehr mit Fremden ist schon mehrfach gerüchtsweise mit dem Tode bestraft. Für die Gesellschaft ist er nicht genugsam dressiert, um ihre Freuden geziemend zu würdigen und behaglich genießen zu können. Zu einer Abendunterhaltung jedoch, unter vier bis höchstens sechs Augen, in einer neutralen Rauchecke, bringt er noch immer eine Standhaftigkeit mit, die kaum dem anrückenden Morgen weicht. – So viel wollt ich von mir selber sagen. – Das Geklagte über alte Bekannte hab ich schon längst den Basen anheimgestellt, und selbst über manche zu schweigen, die ich liebe und verehre, kam mir hier passend vor.

II

Wer grad in ein Ballett vertieft ist, wer eben seinen Namenstag mit Champagner feiert, wer zufällig seine eigenen Gedichte liest, wer Skat spielt oder Tarock, dem ist freilich geholfen.

Leider stehen diese mit Recht beliebten Mittel temporärer Erlösung nicht immer jedem zur Verfügung. Oft muß man schon froh sein, wenn nur einer, der Wind machen kann, mal einen kleinen philosophisch angehauchten Drachen steigen läßt, aus altem Papier geklebt. Man wirft sein Bündel ab, den Wanderstab daneben, zieht den heißen Überrock des Daseins aus, setzt sich auf den Maulwurfshügel allerschärfster Betrachtung und schaut dem langgeschwänzten Dinge nach, wie's mehr und mehr nach oben strebt, sodann ein Weilchen in hoher Luft sein stolzes Wesen treibt, bis die Schnur sich verkürzt, bis es tiefer und tiefer sinkt, um schließlich matt und flach aufs dürre Stoppelfeld sich hinzulegen, von dem es aufgeflogen.

Wenigstens was mich betrifft, so mag nur einer kommen und mir beweisen, daß die Zeit und dies und das bloß ideal ist, ein angeerbtes Kopfübel, hartnäckig, inkurabel, bis der letzte Schädel ausgebrummt; er soll mich nur aufs Eis führen, seine blanken Schlittschuhe anschnallen, auf der gefrorenen Ebene seine sinnreichen Zahlen und Schnörkel beschreiben; ich will ihn gespannt begleiten, ich will ihm dankbar sein; nur darf es nicht gar so kühl werden, daß mir die Nase friert, sonst drücke ich mich lieber hinter irgendeinen greifbaren Ofen, wär es auch nur ein ganz bescheidener von schlichten Kacheln, bei dem man sich ein bissel wärmen kann.

Ja, die Zeit spinnt luftige Fäden; besonders die in Vorrat, welche wir oft weit hinausziehen in die sogenannte Zukunft, um unsere Sorgen und Wünsche aufzuhängen, wie die Tante ihre Wäsche, die der Wind zerstreut. – Als ob's mit dem Gedrängel des gegenwärtigen Augenblicks nicht grad genug wäre.

Und dann dies liebe, trauliche, teilweise grauliche, aber durchaus putzwunderliche Polterkämmerchen der Erinnerung, voll scheinbar welken, abgelebten Zeugs; das dennoch weiter wirkt, drückt, zwickt, erfreut; oft ganz, wie's ihm beliebt, nicht uns; das sitzen bleibt, obwohl nicht eingeladen; das sich empfiehlt, wenn wir es halten möchten. Ein Kämmerchen, in Fächer eingeteilt, mit weißen, roten Türen, ja selbst mit schwarzen, wo die alten Dummheiten hinter sitzen.

Vielleicht ist's grade Winter. Leise wimmeln die Flocken vor deinem Fenster nieder. Ein weißes Türchen tut sich auf. Sieh nur, wie deutlich alles dasteht; wie in einem hellerleuchteten Puppenstübchen. – Der Lichterbaum, die Rosinengirlanden, die schaumvergoldeten Äpfel und Nüsse, die braungebackenen Lendenkerle; glückliche Eltern, selige Kinder. – Freundlich betrachtest du das Bübchen dort, denn das warst du, und wehmütig zugleich, daß nichts Besseres und Gescheiteres aus ihm geworden, als was du bist.

Mach wieder zu. – Öffne dies rote Türchen. – Ein blühendes Frauenbild. Ernst, innig schaut's dich an; als ob's noch wäre, und ist doch nichts wie ein Phantom von dem, was längst gewesen.

Laß sein. – Paß auf das schwarze Türchen. – Da rumort's hinter: – Halt zu! – Ja, schon recht; solange wie's geht. – Du kriegst, wer weiß woher, einen Stoß auf Herz, Leber, Magen oder Geldbeutel. Du läßt den Drücker los. Es kommt die stille, einsame, dunkle Nacht. Da geht's um in der Gehirnkapsel und spukt durch alle Gebeine, und du wirfst dich von dem heißen Zipfel deines Kopfkissens auf den kalten und her und hin, bis dir der

Lärm des aufdämmernden Morgens wie ein musikalischer Genuß erscheint.

Nicht du, mein süßer Backfisch! Du liegst da in deinem weißen Häubchen und weißen Hemdchen, du faltest deine schlanken Finger, schließest die blauen harmlosträumerischen Augen und schlummerst seelenfriedlich deiner Morgenmilch mit Brötchen entgegen und selbst deiner Klavierstunde, denn du hast fleißig geübt. Aber ich, Madam! und Sie, Madam; und der Herr Gemahl, der abends noch Hummer ißt, man mag sagen, was man will. – Doch nur nicht ängstlich. Die bösen Menschen brauchen nicht gleich alles zu wissen: Zum Beispiel ich, ich werde mich wohl hüten; ich lasse hier nur ein paar kümmerliche Gestalten heraus, die sich so gelegentlich in meinem Gehirn eingenistet haben, als ob sie mit dazu gehörten.

Es ist Nacht in der kunst- und bierberühmten Residenz. Ich komme natürlich aus dem Wirtshause, bin aber bereits in der Vorstadt und strebe meinem einsamen Lager zu. Links die Planke, rechts der Graben. Hinter mir eine Stadt voll leerer Maßkrüge, vor mir die schwankende Nebelsilhouette eines betagten Knickebeins. Bald drückt er zärtlich die Planke, bald zieht ihn der Graben an; bis endlich die Planke, des falschen Spieles müde, ihm einen solch verächtlichen Schubs gibt, daß er dem Graben, mit Hinterlassung des linken Filzschuhes, sofort in die geschmeidigen Arme sinkt. Ich ziehe ihn heraus bei den Beinen, wie einen Schubkarren. Er wischt sich die Ohren und wimmert kläglich: »Wissens', i ßiech halt nimma recht!« – Gewiß häufig eine zutreffende Ausrede für ältere Herrn in verwickelten Umständen.

Ein andermal derselbe Weg. – Vor mir ein zärtliches Pärchen. Ihr schleift, am Bändel hängend, die Schürze nach. Ich wirble sie auf mit dem Stock und sage in gefälligem Ton: »Fräulein, Sie verlieren etwas.« Sie hört es nicht. Es ist der Augenblick vor einem Liebeskrach. Er schlägt sie zu Boden, tritt ihr dreimal hörbar auf die Brust, und fort ist er. – Schnell ging's. – Und was für einen sonderbaren Ton das gibt, so ein Fußtritt auf ein weibliches

Herz. Hohl, nicht hell. Nicht Trommel, nicht Pauke. Mehr lederner Handkoffer; voll Lieb und Treu vielleicht. – Ich gebe ihr meinen Arm, daß sie sich aufrichten und erholen kann; denn man ist oft gerührt und galant, ohne betrunken zu sein.

Ein andermal ein anderer Weg. – Ein berühmter Maler hat mich zu Mittag geladen. Stolz auf ihn und meine silbervergoldete Dose, geh ich durch eine einsame Straße und drehe mir vorher noch eben eine Zigarette. Hinter mir kommt wer angeschlürft; er schlürft an mir vorbei. »Ja, Bedelleit, die hat koana gern; die mag neamed.« Er spricht es leise und bescheiden. Er schaut nicht seitwärts, er schaut nicht um; er schlürft so weiter. Hände im schwärzlichgrauen Paletot; schwärzlichgrauer Hut im Nacken, Hose schwärzlichgrau, unten mit Fransen dran; da, wo Hut und Paletotkragen ihre Winkel bilden, je ein Stückchen blasses Ohr zu sehn. Ein armer, farbloser Kerl. Schon zehn Mark vermutlich würden ihm recht sein. Freilich – der Schneider – die Fahrt ins Tirol – am End versäuft er's nur. – Macht nichts. Gib's ihm halt! – Inzwischen ist er weg ums Eck, für immer unerwischbar.

Schnell eine andere Tür. – Schau schau! – Zwischen zwei Hügeln, mitten hindurch der Bach, das Dörflein meiner Kindheit. Vieles im scharfen Sonnenlicht früher Eindrücke; manches überschattet von mehr als vierzig vergangenen Jahren; einiges nur sichtbar durch den Lattenzaun des Selbsterlebten und des Hörensagens. Alles so heiter, als hätt es damals nie geregnet.

Aber auch hier gibt's arme Leutchen. – Es ist noch die gute alte Zeit, wo man den kranken Handwerksburschen über die Dorfgrenze schiebt und sanft in den Chausseegraben legt, damit er ungeniert sterben kann; obschon der unbemittelte Tote immerhin noch einen positiven Wert hat; unter anderm für den Fuhrmann, der ihn zur Anatomie bringt.

Im Dörflein seitab, hier hinter den trüben Fensterscheiben, da sitzt vielleicht das »Puckelriekchen«. Sie spinnt und spinnt. Auf die Lebensfreuden hat sie verzichtet. Aber drei Tage nach ihrem Tode, da wenigstens möchte sie sich mal so ein recht gemütliches Fest bereiten, nämlich ein ehrliches Begräbnis mit heilen Gliedmaßen, im schwarzlackierten Sarge, auf dem heimatlichen Kirchhofe. Nach dem Professor, der die toten Leute kaputtschneidet, will sie nicht hin; und dann müßte sie sich ja auch so schämen vor den Herren Studenten, weil sie gar so klein und mager und bucklicht ist. Darum bettelt sie und spinnt und spinnt von früh bis spät. – O weh! Zu früh schneidet die Parze den Flachs- und Lebensfaden ab. Es hat nicht gelangt. Nun heißt es doch: »Hinein in die ungehobelte Kiste« und »Krischan, spann an«. Und dort fährt er hin mit ihr in der frühen Dämmerung, und wer grad verreisen muß, der kann mit aufsitzen. (Das wäre was gewesen für Tante Malchen, die immer so gern per Gelegenheit fuhr!)

Der dort langsam und verdrießlich Holz sägt, das scheint der »Pariser« zu sein. »Eine kalte Winternacht« – so pflegt er auf Plattdeutsch zu sagen – »ein Grenzstein im freien Feld und eine Pulle voll Schluck, das müßte einen bequemen Tod abgeben.« Oder: »Hätt ich nur erst eine Viertelstunde gehängt, mich dünkt, so wollt ich gleich mit einem um die Wette hängen, der schon ein ganzes Jahr gehängt hat.« Gegen die erste Manier schützt er Geldmangel vor, gegen die zweite den bedenklichen Anfang. Er zögert und zögert und muß sich zuletzt mit einem gewöhnlichen Tod begnügen, wie er grad vorkommt.

Hier im Hof, auf dem Steintritt vor der Tür, steht eine hübsche Frau. Sagen wir, Kreuzbänder an den Schuhen, Locken an den Schläfen, Schildpattkamm im Flechtennest. Ein fremder Betteljunge kommt durch die Pforte. Haare wie trockner Strohlehm; Hemd und Haut aus *einem* Topf gemalt; Hose geräumig, vermutlich das Geschenk eines mildtätigen Großvaters; Bettelsack mit scheinbar knolligem Inhalt; Stock einfach zweckentsprechend. »Heut kriegst du nichts; wir haben selbst Arme genug.« »So bra'r jöck de Düwel wat ower, dat je'r anne sticket!« Nach Abgabe dieses Segenswunsches entfernt er sich, um sein Sammelwerk anderweitig fortzusetzen. Nicht mit Erfolg. Hinter der Mauer hervor, bewehrt mit kurzem Spieß, tritt ihm unerwartet ein kleiner Mann entgegen, entledigt ihn, listig lächelnd, doch rücksichtslos, seiner Vorräte und zeigt ihm sodann unter Zuhilfenahme der umgekehrten Waffe, durch stoßweise Andeutungen auf der Kehrseite, den richtigen Weg zum Dorfe hinaus.

Dieser Wachsame und Gewaltige ist der »alte Danne«. – Da er körperlich und geistig zu schwach geworden, um Tagelöhner zu sein, so hat man ihm ein Amt verliehn, mit dem Titel »Bettelvogt«, und als Zeichen seiner Würde den Speer, »dat Baddelspeit«. Kraft dessen ist er Herzog und Schirmherr aller einheimischen Bettler. – Er ißt »reihrund«. Er schläft nachts im Pferdestall, nachmittags, bei günstiger Witterung, im Baumgarten hinter dem Hause. – Und hier kann man am besten eine Eigentümlichkeit an ihm beobachten, welche hauptsächlich bei alten unbemittelten Leuten vorzukommen scheint, die versäumt haben, sich ein neues Gebiß zu kaufen. – Atmet er ein – ein lautes Schnarchen; atmet er aus – ein leises Flöten. Erst dieser alte faltige grauborstige Mümmelmund hübsch weit abgerundet nach innen gezogen; dann plötzlich bei hohlen Backen hübsch zugespitzt nach außen getrieben und nur ein ganz feins Löchlein drin. – Für den Naturforscher, selbst bei häufiger Wiederholung, ein interessantes Phänomen. – Leider geht der alte Danne nur noch kurze Zeit seinen Erholungen und Amtsgeschäften nach. Es kommt so ein gewisser schöner, ausdermaßen warmer Nachmittag. Zwei flachsköpfige Buben, sehr bewandert in Obstangelegenheiten, besuchen grad zufällig in einem schattigen Garten einen berühmten Sommerbirnenbaum, um eben mal nachzusehen, wie die Sachen da liegen. – Der alte Danne liegt drunter. – Speer im Arm; still, bleich, gradausgestreckt; die Augen starr nach oben in die vollen Birnen gerichtet; Mund offen; zwei Fliegen kriechen aus und ein. Der alte Danne ist tot. – Und schlau hat er's abgepaßt, denn der neue Kirchhof wird nächstens eingeweiht. Er kommt noch auf den alten und kann ruhig weiter liegen, ohne von später kommenden Schlafgästen gestört zu werden. – Eine geschmackvolle Garnitur von Brennesseln steht um sein Grab herum. –

Ja, mein guter, wohlsituierter und lebendiger Leser! So muß

man überall bemerken, daß es Verdrießlichkeiten gibt in dieser Welt und daß überall gestorben wird. Du aber sei froh. Du stehst noch da, wie selbstverständlich, auf deiner angestammten Erde. Und wenn du dann dahinwandelst, umbraust von den ahnungsvollen Stürmen des Frühlings, und deine Seele schwillt mutig auf, als solltest du ewig leben; wenn dich der wonnige Sommer umblüht und die liebevollen Vöglein in allen Zweigen singen; wenn deine Hand im goldenen Herbst die wallenden Ähren streift; wenn zur hellglänzenden Winterzeit dein Fuß über blitzende Diamanten knistert – hoch über dir die segensreiche Sonne oder der unendliche Nachthimmel voll winkender Sterne – und doch, durch all die Herrlichkeit hindurch, allgegenwärtig, ein feiner, peinlicher Duft, ein leiser, zitternder Ton – und wenn du dann nicht so was wie ein heiliger Franziskus bist – sondern wenn du wohlgemut nach Hause gehst zum gutgekochten Abendschmaus und zwinkerst deiner reizenden Nachbarin zu und kannst schäkern und lustig sein, als ob sonst nichts los wäre, dann darf man dich wohl einen recht natürlichen und unbefangenen Humoristen nennen.

Fast wir alle sind welche. – Auch du, mein kleines drolliges Hänschen, mit deinem Mumps, deiner geschwollenen Backe, wie du mich anlächelst durch Tränen aus deinem dicken, blanken, schiefen Gesicht heraus, auch du bist einer; und wirst du vielleicht später mal gar ein Spaßvogel von Metier, der sich berufen fühlt, unsere ohnehin schon große Heiterkeit noch künstlich zu vermehren, so komm nur zu uns, guter Hans; wir werden dir gern unsere alten Anekdoten erzählen, denn du bist es wert.

»Ahem! – Wie war denn das Diner bei dem berühmten Maler?« so unterbrichst du mich, mein Wertester mit dem Doppelkinn. Nun! Kurz aber gut; Wein süperb; Schnepfen exquisit. – Doch ich sehe, du hast dich gelangweilt. Das beleidigt mich. Aber ich bin dir unverwüstlich gut. Ich werde sonstwie für dich sorgen; ich verweise dich auf den vielsagenden Ausspruch eines glaubwürdigen Blattes. »Il faut louer Busch pour ce qu'il a fait, et pour ce qu'il n'a pas fait.« Wohlan, mein Freund! Wende deinen

Blick von links nach rechts, und vor dir ausgebreitet liegt das gelobte Land aller guten Dinge, die ich nicht gemacht habe.

Liebst du herz- und sonnenwarme Prosa, lies Werther. – Suchst du unverwelklichen Scherz, der wohl dauern wird, solang noch eine sinnende Stirn über einem lachenden Munde sitzt, begleite den Ritter von der Mancha auf seinen ruhmreichen Fahrten. – Willst du in einem ganzen Spiegel sehn, nicht in einer Scherbe, wie Menschen jeder Sorte sich lieben, necken, raufen, bis jeder sein ordnungsmäßiges Teil gekriegt, schlag Shakespeare auf. – Trägst du Verlangen nach entzückend mutiger Farbenlust, stelle dich vor das Flügelbild Peterpauls in der Scheldestadt und laß dich anglänzen von der jungfräulichen Mutter mit dem Kinde. – Oder sehnst du dich mehr nach den feierlichen Tönen einer durchleuchteten Dämmerung, besuch den heiligen Vater in seinem beneidenswerten Gefängnis und schau den Sebastian an. – Und ist dir auch das noch nicht hinreichend, so zieh meinetwegen an den Arno, wo eine gedeckte Brücke zwei wundersame Welten der Kunst verbindet.

Damit, denk ich, wirst du für acht Tage genug haben und wärst du so genußfähig, wie ein Londoner Schneidermeister auf Reisen.

Max und Moritz

Vorwort

Ach, was muß man oft von bösen
Kindern hören oder lesen!!
Wie zum Beispiel hier von diesen,
Welche Max und Moritz hießen;

Die, anstatt durch weise Lehren
Sich zum Guten zu bekehren,
Oftmals noch darüber lachten
Und sich heimlich lustig machten. –
– Ja, zur Übeltätigkeit,
Ja, dazu ist man bereit! –
– Menschen necken, Tiere quälen,
Äpfel, Birnen, Zwetschen stehlen – –
Das ist freilich angenehmer
Und dazu auch viel bequemer,
Als in Kirche oder Schule
Festzusitzen auf dem Stuhle. –
– Aber wehe, wehe, wehe!
Wenn ich auf das Ende sehe!! –
– Ach, das war ein schlimmes Ding,
Wie es Max und Moritz ging.
– Drum ist hier, was sie getrieben,
Abgemalt und aufgeschrieben.

Erster Streich

Mancher gibt sich viele Müh
Mit dem lieben Federvieh;
Einesteils der Eier wegen,
Welche diese Vögel legen,
Zweitens: weil man dann und wann
Einen Braten essen kann;
Drittens aber nimmt man auch
Ihre Federn zum Gebrauch
In die Kissen und die Pfühle,
Denn man liegt nicht gerne kühle. –

Seht, da ist die Witwe Bolte,
Die das auch nicht gerne wollte.

Ihrer Hühner waren drei
Und ein stolzer Hahn dabei –
Max und Moritz dachten nun:

Was ist hier jetzt wohl zu tun? –
– Ganz geschwinde, eins, zwei, drei,
Schneiden sie sich Brot entzwei,
In vier Teile, jedes Stück
Wie ein kleiner Finger dick.
Diese binden sie an Fäden,
Übers Kreuz, ein Stück an jeden,

Und verlegen sie genau
In den Hof der guten Frau. –

Kaum hat dies der Hahn gesehen,
Fängt er auch schon an zu krähen:
Kikeriki! Kikikerikih!! –
Tak tak tak! – da kommen sie.

Hahn und Hühner schlucken munter
Jedes ein Stück Brot hinunter;

Aber als sie sich besinnen,
Konnte keines recht von hinnen.

In die Kreuz und in die Quer
Reißen sie sich hin und her,

Flattern auf und in die Höh,
Ach herrje, herrjemine!

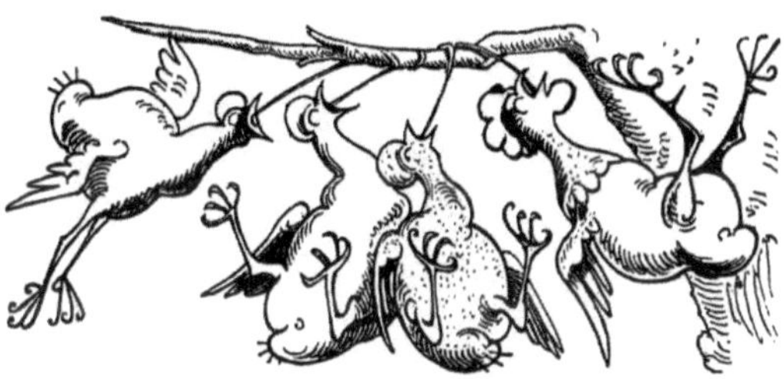

Ach, sie bleiben an dem langen
Dürren Ast des Baumes hangen. –
– Und ihr Hals wird lang und länger,
Ihr Gesang wird bang und bänger;

Jedes legt noch schnell ein Ei,
Und dann kommt der Tod herbei. –

Witwe Bolte, in der Kammer,
Hört im Bette diesen Jammer;

Ahnungsvoll tritt sie heraus:
Ach, was war das für ein Graus!

»Fließet aus dem Aug, ihr Tränen!
All mein Hoffen, all mein Sehnen,
Meines Lebens schönster Traum

Hängt an diesem Apfelbaum!!«
Tiefbetrübt und sorgenschwer
Kriegt sie jetzt das Messer her;

Nimmt die Toten von den Strängen,
Daß sie so nicht länger hängen,

Und mit stummem Trauerblick
Kehrt sie in ihr Haus zurück. –

Dieses war der erste Streich,
Doch der zweite folgt sogleich.

Zweiter Streich

Als die gute Witwe Bolte
Sich von ihrem Schmerz erholte,
Dachte sie so hin und her,
Daß es wohl das beste wär,
Die Verstorbnen, die hienieden
Schon so frühe abgeschieden,
Ganz im stillen und in Ehren
Gut gebraten zu verzehren. –
– Freilich war die Trauer groß,
Als sie nun so nackt und bloß
Abgerupft am Herde lagen,
Sie, die einst in schönen Tagen
Bald im Hofe, bald im Garten
Lebensfroh im Sande scharrten. –

Ach, Frau Bolte weint aufs neu,
Und der Spitz steht auch dabei.

Max und Moritz rochen dieses;
»Schnell aufs Dach gekrochen!« hieß es.

Durch den Schornstein mit Vergnügen
Sehen sie die Hühner liegen,
Die schon ohne Kopf und Gurgeln
Lieblich in der Pfanne schmurgeln. –

Eben geht mit einem Teller
Witwe Bolte in den Keller,

Daß sie von dem Sauerkohle
Eine Portion sich hole,
Wofür sie besonders schwärmt,
Wenn er wieder aufgewärmt. –

– Unterdessen auf dem Dache
Ist man tätig bei der Sache.
Max hat schon mit Vorbedacht
Eine Angel mitgebracht. –

Schnupdiwup! da wird nach oben
Schon ein Huhn heraufgehoben.

Schnupdiwup! jetzt Numro zwei;
Schnupdiwup! jetzt Numro drei;
Und jetzt kommt noch Numro vier:
Schnupdiwup! dich haben wir!! –
– Zwar der Spitz sah es genau,
Und er bellt: Rawau! Rawau!

Aber schon sind sie ganz munter
Fort und von dem Dach herunter. –

– Na! Das wird Spektakel geben,
Denn Frau Bolte kommt soeben;
Angewurzelt stand sie da,
Als sie nach der Pfanne sah.

Alle Hühner waren fort –
»Spitz!!« – das war ihr erstes Wort. –

»Oh, du Spitz, du Ungetüm!! –
Aber wart! ich komme ihm!!!«

Mit dem Löffel, groß und schwer,
Geht es über Spitzen her;
Laut ertönt sein Wehgeschrei,
Denn er fühlt sich schuldenfrei. –

– Max und Moritz, im Verstecke,
Schnarchen aber an der Hecke,
Und vom ganzen Hühnerschmaus
Guckt nur noch ein Bein heraus. –

Dieses war der zweite Streich,
Doch der dritte folgt sogleich.

Dritter Streich

Jedermann im Dorfe kannte
Einen, der sich Böck benannte. –

– Alltagsröcke, Sonntagsröcke,
Lange Hosen, spitze Fräcke,
Westen mit bequemen Taschen,
Warme Mäntel und Gamaschen –
Alle diese Kleidungssachen
Wußte Schneider Böck zu machen. –
– Oder wäre was zu flicken,
Abzuschneiden, anzustücken,
Oder gar ein Knopf der Hose
Abgerissen oder lose –
Wie und wo und was es sei,
Hinten, vorne, einerlei –
Alles macht der Meister Böck,
Denn das ist sein Lebenszweck. –
– Drum so hat in der Gemeinde
Jedermann ihn gern zum Freunde. –
Aber Max und Moritz dachten,
Wie sie ihn verdrießlich machten. –

Nämlich vor des Meisters Hause
Floß ein Wasser mit Gebrause.

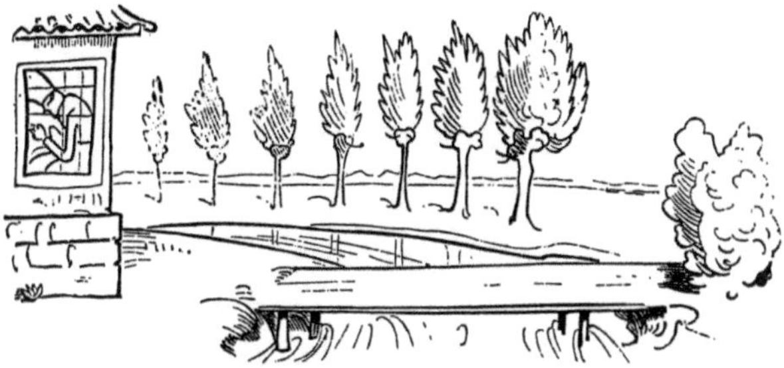

Übers Wasser führt ein Steg
Und darüber geht der Weg. –

Max und Moritz, gar nicht träge,
Sägen heimlich mit der Säge,
Ritzeratze! voller Tücke,
In die Brücke eine Lücke. –

Als nun diese Tat vorbei,
Hört man plötzlich ein Geschrei:
»He, heraus! du Ziegen-Böck!
Schneider, Schneider, meck meck meck!!« –
– Alles konnte Böck ertragen,
Ohne nur ein Wort zu sagen;
Aber wenn er dies erfuhr,
Ging's ihm wider die Natur. –

Schnelle springt er mit der Elle
Über seines Hauses Schwelle,

Denn schon wieder ihm zum Schreck
Tönt ein lautes: »Meck, meck, meck!!«

Und schon ist er auf der Brücke,
Kracks! die Brücke bricht in Stücke;

Wieder tönt es: »Meck, meck, meck!«
Plumps! da ist der Schneider weg!

Grad als dieses vorgekommen,
Kommt ein Gänsepaar geschwommen,

Welches Böck in Todeshast
Krampfhaft bei den Beinen faßt.

Beide Gänse in der Hand,
Flattert er auf trocknes Land. –

Übrigens bei alledem
Ist so etwas nicht bequem;

Wie denn Böck von der Geschichte
Auch das Magendrücken kriegte.

Hoch ist hier Frau Böck zu preisen!
Denn ein heißes Bügeleisen,
Auf den kalten Leib gebracht,
Hat es wieder gut gemacht. –

– Bald im Dorf hinauf, hinunter,
Hieß es: Böck ist wieder munter!!

Dieses war der dritte Streich,
Doch der vierte folgt sogleich.

Vierter Streich

Also lautet ein Beschluß:
Daß der Mensch was lernen muß. –
– Nicht allein das A-B-C
Bringt den Menschen in die Höh;
Nicht allein im Schreiben, Lesen
Übt sich ein vernünftig Wesen;
Nicht allein in Rechnungssachen
Soll der Mensch sich Mühe machen;
Sondern auch der Weisheit Lehren
Muß man mit Vergnügen hören. –

Daß dies mit Verstand geschah,
War Herr Lehrer Lämpel da. –

– Max und Moritz, diese beiden,
Mochten ihn darum nicht leiden;
Denn wer böse Streiche macht,
Gibt nicht auf den Lehrer acht. –

Nun war dieser brave Lehrer
Von dem Tobak ein Verehrer,
Was man ohne alle Frage
Nach des Tages Müh und Plage

Einem guten alten Mann
Auch von Herzen gönnen kann. –
– Max und Moritz, unverdrossen,
Sinnen aber schon auf Possen,
Ob vermittelst seiner Pfeifen
Dieser Mann nicht anzugreifen. –
– Einstens, als es Sonntag wieder
Und Herr Lämpel, brav und bieder,

In der Kirche mit Gefühle
Saß vor seinem Orgelspiele,
Schlichen sich die bösen Buben
In sein Haus und seine Stuben,
Wo die Meerschaumpfeife stand;
Max hält sie in seiner Hand;

Aber Moritz aus der Tasche
Zieht die Flintenpulverflasche,
Und geschwinde, stopf, stopf, stopf!
Pulver in den Pfeifenkopf. –
Jetzt nur still und schnell nach Haus,
Denn schon ist die Kirche aus. –

– Eben schließt in sanfter Ruh
Lämpel seine Kirche zu;
Und mit Buch und Notenheften,
Nach besorgten Amtsgeschäften

Lenkt er freudig seine Schritte
Zu der heimatlichen Hütte,

Und voll Dankbarkeit sodann
Zündet er sein Pfeifchen an.

»Ach!« – spricht er – »die größte Freud
Ist doch die Zufriedenheit!!!«

Rums!! – da geht die Pfeife los
Mit Getöse, schrecklich groß.
Kaffeetopf und Wasserglas,
Tobaksdose, Tintenfaß,
Ofen, Tisch und Sorgensitz –
Alles fliegt im Pulverblitz. –

Als der Dampf sich nun erhob,
Sieht man Lämpel, der gottlob!
Lebend auf dem Rücken liegt;
Doch er hat was abgekriegt.

Nase, Hand, Gesicht und Ohren
Sind so schwarz als wie die Mohren,
Und des Haares letzter Schopf
Ist verbrannt bis auf den Kopf. –

Wer soll nun die Kinder lehren
Und die Wissenschaft vermehren?
Wer soll nun für Lämpel leiten
Seine Amtestätigkeiten.
Woraus soll der Lehrer rauchen,
Wenn die Pfeife nicht zu brauchen??

Mit der Zeit wird alles heil,
Nur die Pfeife hat ihr Teil. –

Dieses war der vierte Streich,
Doch der fünfte folgt sogleich.

Fünfter Streich

Wer in Dorfe oder Stadt
Einen Onkel wohnen hat,
Der sei höflich und bescheiden,
Denn das mag der Onkel leiden. –
– Morgens sagt man: »Guten Morgen!
Haben Sie was zu besorgen?«
Bringt ihm, was er haben muß:
Zeitung, Pfeife, Fidibus. –
Oder sollt es wo im Rücken
Drücken, beißen oder zwicken,
Gleich ist man mit Freudigkeit
Dienstbeflissen und bereit. –
Oder sei's nach einer Prise,
Daß der Onkel heftig niese,
Ruft man »Prosit!« allsogleich,
»Danke, wohl bekomm es Euch!« –
Oder kommt er spät nach Haus,
Zieht man ihm die Stiefel aus,
Holt Pantoffel, Schlafrock, Mütze,
Daß er nicht im Kalten sitze –
Kurz, man ist darauf bedacht,
Was dem Onkel Freude macht. –

– Max und Moritz ihrerseits
Fanden darin keinen Reiz. –
Denkt euch nur, welch schlechten Witz
Machten sie mit Onkel Fritz! –

Jeder weiß, was so ein Mai-
Käfer für ein Vogel sei. –
In den Bäumen hin und her
Fliegt und kriecht und krabbelt er.

Max und Moritz, immer munter,
Schütteln sie vom Baum herunter.

In die Tüte von Papiere
Sperren sie die Krabbeltiere. –

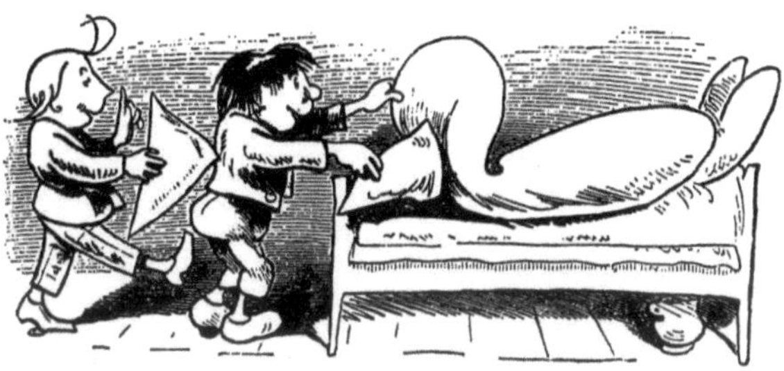

Fort damit, und in die Ecke
Unter Onkel Fritzens Decke!

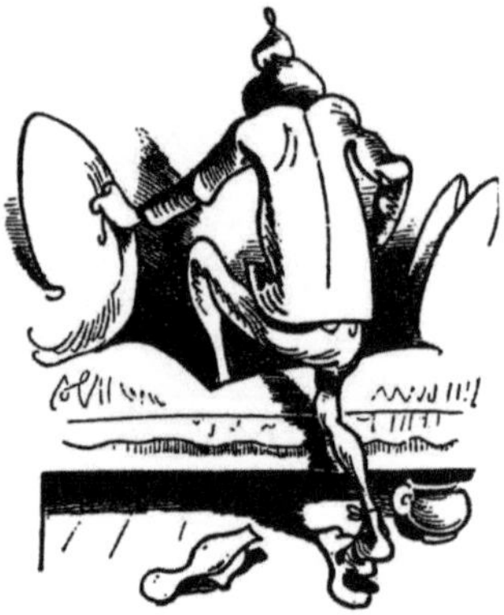

Bald zu Bett geht Onkel Fritze
In der spitzen Zipfelmütze;

Seine Augen macht er zu,
Hüllt sich ein und schläft in Ruh.

Doch die Käfer, kritze kratze!
Kommen schnell aus der Matratze.

Schon faßt einer, der voran,
Onkel Fritzens Nase an.

»Bau!!« – schreit er – »Was ist das hier?!!«
Und erfaßt das Ungetier.

Und den Onkel, voller Grausen,
Sieht man aus dem Bette sausen.

»Autsch!!« – Schon wieder hat er einen
Im Genicke, an den Beinen;

Hin und her und rund herum
Kriecht es, fliegt es mit Gebrumm.

Onkel Fritz, in dieser Not,
Haut und trampelt alles tot.

Guckste wohl! Jetzt ist's vorbei
Mit der Käferkrabbelei!!

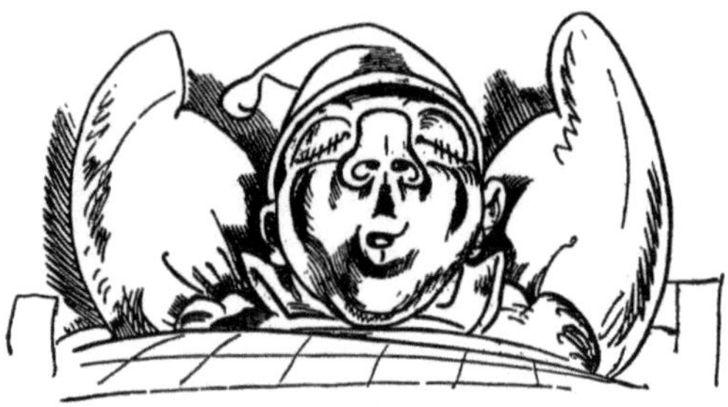

Onkel Fritz hat wieder Ruh
Und macht seine Augen zu. –

Dieses war der fünfte Streich,
Doch der sechste folgt sogleich.

Sechster Streich

In der schönen Osterzeit,
Wenn die frommen Bäckersleut,
Viele süße Zuckersachen
Backen und zurechtemachen,
Wünschten Max und Moritz auch
Sich so etwas zum Gebrauch. –

Doch der Bäcker, mit Bedacht,
Hat das Backhaus zugemacht.

Also, will hier einer stehlen,
Muß er durch den Schlot sich quälen. –

Ratsch!! – Da kommen die zwei Knaben
Durch den Schornstein, schwarz wie Raben.

Puff!! – Sie fallen in die Kist,
Wo das Mehl darinnen ist.

Da! Nun sind sie alle beide
Rund herum so weiß wie Kreide.

Aber schon mit viel Vergnügen
Sehen sie die Brezeln liegen.

Knacks!! – Da bricht der Stuhl entzwei;

Schwapp!! – Da liegen sie im Brei.

Ganz vom Kuchenteig umhüllt
Stehn sie da als Jammerbild. –

Gleich erscheint der Meister Bäcker
Und bemerkt die Zuckerlecker.

Eins, zwei, drei! – eh man's gedacht,
Sind zwei Brote draus gemacht.

In dem Ofen glüht es noch –
Ruff!! – damit ins Ofenloch!

Ruff!! – man zieht sie aus der Glut –
Denn nun sind sie braun und gut. –

– Jeder denkt, »die sind perdü!«
Aber nein! – noch leben sie! –

Knusper, knasper! – wie zwei Mäuse
Fressen sie durch das Gehäuse;

Und der Meister Bäcker schrie:
»Achherrje! da laufen sie!!« –

Dieses war der sechste Streich, –
Doch der letzte folgt sogleich.

Letzter Streich

Max und Moritz, wehe euch!
Jetzt kommt euer letzter Streich! –
Wozu müssen auch die beiden
Löcher in die Säcke schneiden?? –

– Seht, da trägt der Bauer Mecke
Einen seiner Maltersäcke. –

Aber kaum daß er von hinnen,
Fängt das Korn schon an zu rinnen.

Und verwundert steht und spricht er:
»Zapperment! Dat Ding werd lichter!«

Hei! Da sieht er voller Freude
Max und Moritz im Getreide.

Rabs!! – in seinen großen Sack
Schaufelt er das Lumpenpack.

Max und Moritz wird es schwüle,
Denn nun geht es nach der Mühle. –

»Meister Müller, he, heran!
Mahl er das, so schnell er kann!«

»Her damit!!« – Und in den Trichter
Schüttelt er die Bösewichter. –

Rickeracke! Rickeracke!
Geht die Mühle mit Geknacke.

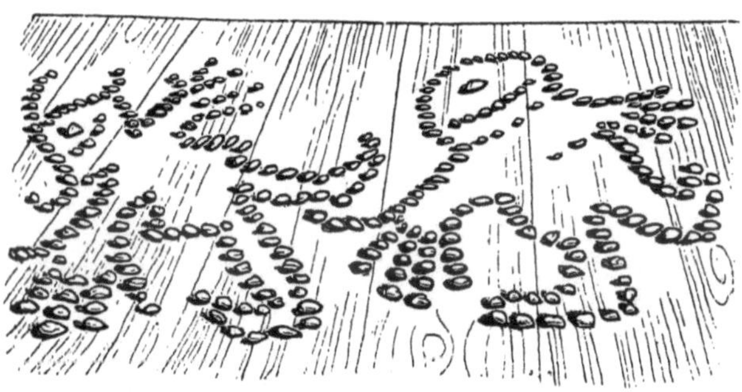

Hier kann man sie noch erblicken
Fein geschroten und in Stücken.

Doch sogleich verzehret sie
Meister Müllers Federvieh.

Schluß

Als man dies im Dorf erfuhr,
War von Trauer keine Spur. –
– Witwe Bolte, mild und weich,
Sprach: »Sieh da, ich dacht es gleich!« –
– »Ja ja ja« rief Meister Böck –
»Bosheit ist kein Lebenszweck!« –
– Drauf so sprach Herr Lehrer Lämpel:
»Dies ist wieder ein Exempel!« –
– »Freilich!« meint der Zuckerbäcker –
»Warum ist der Mensch so lecker?!« –
– Selbst der gute Onkel Fritze
Sprach: »Das kommt von dumme Witze!« –
– Doch der brave Bauersmann
Dachte: »Wat geiht meck dat an?!« –
– Kurz, im ganzen Dorf herum
Ging ein freudiges Gebrumm:
»Gott sei Dank! Nun ist's vorbei
Mit der Übeltäterei!!«

Die fromme Helene

Erstes Kapitel

Wie der Wind in Trauerweiden
Tönt des frommen Sängers Lied,
Wenn er auf die Lasterfreuden
In den großem Städten sieht.

Ach, die sittenlose Presse!
Tut sie nicht in früher Stund
All die sündlichen Exzesse
Schon den Bürgersleuten kund?! –

Offenbach ist im Thalia;
Hier sind Bälle, da Konzerts.
Annchen, Hannchen und Maria
Hüpft vor Freuden schon das Herz. –

Kaum trank man die letzte Tasse,
Putzt man schon den irdschen Leib.
Auf dem Walle, auf der Gasse
Wimmelt man zum Zeitvertreib. –

Wie sie schauen, wie sie grüßen!
Hier die zierlichen Mosjös,
Dort die Damen mit den süßen
Himmlisch hohen Prachtpopös. –

Und der Jud mit krummer Ferse,
Krummer Nas und krummer Hos
Schlängelt sich zur hohen Börse,
Tiefverderbt und seelenlos. –

Schweigen will ich von Lokalen,
Wo der Böse nächtlich praßt,

Wo im Kreis der Liberalen
Man den Heilgen Vater haßt. –

Schweigen will ich von Konzerten,
Wo der Kenner hoch entzückt
Mit dem seelenvoll-verklärten
Opernglase um sich blickt;

Wo mit weichem Wogebusen
Man schön warm beisammen sitzt,
Wo der hehre Chor der Musen,
Wo Apollo selber schwitzt. –

Schweigen will ich vom Theater;
Wie von da, des Abends spät,
Schöne Mutter, alter Vater
Arm in Arm nach Hause geht.

Zwar man zeuget viele Kinder,
Doch man denket nichts dabei.
Und die Kinder werden Sünder,
Wenn's den Eltern einerlei.

»Komm Helenchen!« – sprach der brave
Vormund – »Komm, mein liebes Kind!
Komm aufs Land, wo sanfte Schafe
Und die frommen Lämmer sind.

Da ist Onkel, da ist Tante,
Da ist Tugend und Verstand,
Da sind deine Anverwandte!«

So kam Lenchen auf das Land.

Zweites Kapitel

»Helene!« – sprach der Onkel Nolte –
»Was ich schon immer sagen wollte!
Ich warne dich als Mensch und Christ:

Oh, hüte dich vor allem Bösen!
Es macht Pläsier, wenn man es ist,
Es macht Verdruß, wenn man's gewesen!«

»Ja leider!« – sprach die milde Tante –
»So ging es vielen, die ich kannte!

Drum soll ein Kind die weisen Lehren
Der alten Leute hochverehren!
Die haben alles hinter sich
Und sind gottlob! recht tugendlich! –

Nun gute Nacht! Es ist schon späte!
Und, gutes Lenchen, bete bete!«

Helene geht. – Und mit Vergnügen
Sieht sie des Onkels Nachthemd liegen.

Die Nadel her, so schnell es geht!
Und Hals und Ärmel zugenäht!! –

Darauf begibt sie sich zur Ruh
Und deckt sich warm und fröhlich zu. –

Bald kommt der Onkel auch herein
Und scheint bereits recht müd zu sein.

Erst nimmt er seine Schlummerprise,
Denn er ist sehr gewöhnt an diese.

Und nun vertauscht er mit Bedacht
Das Hemd des Tags mit dem der Nacht.

Doch geht's nicht so, wie er wohl möcht,
Denn die Geschichte will nicht recht.

»Potztausend, das ist wunderlich!« –
Der Onkel Nolte ärgert sich.

Er ärgert sich, doch hilft es nicht.
Ja siehste wohl! Da liegt das Licht!

Stets größer wird der Ärger nur.
Es fällt die Dose und die Uhr.

Rack! – stößt er an den Tisch der Nacht,
Was einen großen Lärm gemacht.

Hier kommt die Tante mit dem Licht. –
Der Onkel hat schon Luft gekriegt.

»Oh, sündenvolle Kreatur!!
Dich mein ich dort! – Ja, schnarche nur!«

Helene denkt: Dies will ich nun
Auch ganz gewiß nicht wieder tun!

Drittes Kapitel

Helenchen wächst und wird gescheit
Und trägt bereits ein langes Kleid. –
»Na, Lene! Hast du's schon vernommen?
Der Vetter Franz ist angekommen.«
So sprach die Tante früh um achte,

Indem sie grade Kaffee machte.
»Und, hörst du, sei fein hübsch manierlich
Und zeige dich nicht ungebührlich,
Und sitz bei Tische nicht so krumm
Und gaffe nicht so viel herum! –
Und ganz besonders muß ich bitten:
Das Grüne – was so ausgeschnitten –
Du ziehst mir nicht das Grüne an,
Weil ich's nun mal nicht leiden kann!«

»Ei!« – denkt Helene – »Schläft er noch?«
Und schaut auch schon durchs Schlüsselloch.

Der Franz, ermüdet von der Reise,
Liegt tief versteckt im Bettgehäuse.

»Ah, ja ja jam!« – so gähnte er eben –
»Es wird wohl Zeit, sich zu erheben

Und sich allmählich zu bequemen,
Die Morgenwäsche vorzunehmen.«

Zum ersten: ist es mal so schicklich.

Zum zweiten: ist es sehr erquicklich.

Zum dritten: ist man sehr bestaubt

Und viertens: soll man's überhaupt;

Denn fünftens: ziert es das Gesicht

Und schließlich: schaden tut's mal nicht!

Wie fröhlich ist der Wandersmann,
Zieht er das reine Hemd sich an!

Und neugestärkt und friedlich-heiter
Bekleidet er sich emsig weiter.

Und erntet endlich stillerfreut

Die Früchte seiner Reinlichkeit.

Jetzt steckt der Franz die Pfeife an.
Helene eilt, so schnell sie kann.

Plemm!! – stößt sie an die alte Brause,
Die oben steht im Treppenhause.

Sie kommt auf Hannchen hergerollt,
Die Franzens Stiefel holen wollt.

Die Lene rutscht, es rutscht die Hanne;
Die Tante trägt die Kaffeekanne.

Da geht es klirr! und klipp! und klapp!!
Und auch der Onkel kriegt was ab.

Viertes Kapitel

Der Franz, ein Schüler hochgelehrt,
Macht sich gar bald beliebt und wert.

So hat er einstens in der Nacht
Beifolgendes Gedicht gemacht:

> Als ich so von ungefähr
> Durch den Wald spazierte,
> Kam ein bunter Vogel, der
> Pfiff und quinquilierte.
>
> Was der bunte Vogel pfiff,
> Fühle und begreif ich:
> Liebe ist der Inbegriff,
> Auf das andre pfeif ich.

Er schenkt's Helenen, die darob
Gar hocherfreut und voller Lob.

Und Franz war wirklich angenehm,
Teils dieserhalb, teils außerdem.

Wenn in der Küche oder Kammer
Ein Nagel fehlt – Franz holt den Hammer!

Wenn man den Kellerraum betritt,
Wo's öd und dunkel – Franz geht mit!

Wenn man nach dem Gemüse sah
In Feld und Garten – Franz ist da! –

Oft ist z. B. an den Stangen
Die Bohne schwierig zu erlangen.

Franz aber faßt die Leiter an,
Daß Lenchen ja nicht fallen kann.

Und ist sie dann da oben fertig –
Franz ist zur Hülfe gegenwärtig.

Kurzum! Es sei nun, was es sei –
Der Vetter Franz ist gern dabei.

Indessen ganz insonderheit
Ist er voll Scherz und Lustbarkeit.

Schau schau! Da schlupft und hupft im Grün
Ein Frosch herum. – Gleich hat er ihn!

Und setzt ihn heimlich nackt und bloß
In Nolten seine Tobaksdos.

Wie nun der sanfte Onkel Nolte
Sich eine Prise schöpfen wollte –

Hucks da! Mit einem Satze saß
Der Frosch an Nolten seiner Nas.

Platsch! springt er in die Tasse gar,
Worin noch schöner Kaffee war.

Schlupp! sitzt er in der Butterbemme
Ein kleines Weilchen in der Klemme.

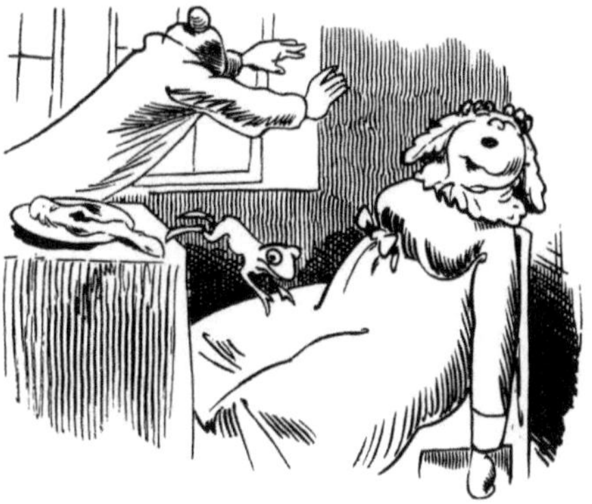

Putsch!! – Ach, der Todesschreck ist groß!
Er hupft in Tante ihren Schoß.

Der Onkel ruft und zieht die Schelle:
»He, Hannchen, Hannchen, komme schnelle!« –

Und Hannchen ohne Furcht und Bangen
Entfernt das Scheusal mit der Zangen.

Nun kehrt die Tante auch zum Glück
Ins selbstbewußte Sein zurück.

Wie hat Helene da gelacht,
Als Vetter Franz den Scherz gemacht!

Eins aber war von ihm nicht schön:
Man sah ihn oft bei Hannchen stehn!

Doch jeder Jüngling hat wohl mal
'n Hang fürs Küchenpersonal,
Und sündhaft ist der Mensch im ganzen!
Wie betet Lenchen da für Franzen!!

Nur einer war, der heimlich grollte:
Das ist der ahnungsvolle Nolte.
Natürlich tut er dieses bloß
In Anbetracht der Tobaksdos.
Er war auch wirklich voller Freud,
Als nun vorbei die Ferienzeit
Und Franz mit Schrecken wiederum
Zurück muß aufs Gymnasium.

Fünftes Kapitel

»Und wenn er sich auch ärgern sollte!
Was schert mich dieser Onkel Nolte!«

So denkt Helene leider Gotts!
Und schreibt, dem Onkel grad zum Trotz:

»Geliebter Franz!
Du weißt es ja, Dein bin ich ganz!

Wie reizend schön war doch die Zeit,
Wie himmlisch war das Herz erfreut,

Als in den Schnabelbohnen drin
Der Jemand eine Jemandin,

Ich darf wohl sagen: herzlich küßte. –
Ach Gott, wenn das die Tante wüßte!

Und ach! wie ist es hierzuland
Doch jetzt so schrecklich anigant!

Der Onkel ist gottlob! recht dumm;
Die Tante nöckert so herum,
Und beide sind so furchtbar fromm!
Wenn's irgend möglich, Franz, so komm
Und trockne meiner Sehnsucht Träne!
10 000 Küsse von

Helene.«

Jetzt Siegellack! – Doch weh! Alsbald

Ruft Onkel Nolte donnernd: »Halt!!!«

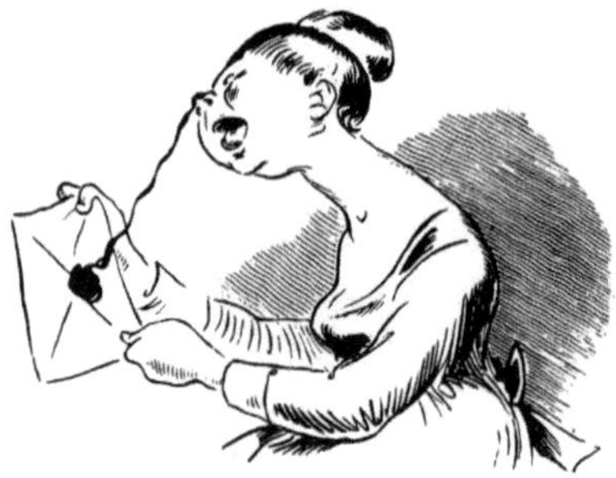

Und an Helenens Nase stracks
Klebt das erhitzte Siegelwachs.

Sechstes Kapitel

In der Kammer, still und donkel,
Schläft die Tante bei dem Onkel.

Mit der Angelschnur versehen,
Naht sich Lenchen auf den Zehen.

Zupp! – Schon lüftet sich die Decke
Zu des Onkels großem Schrecke.

Zupp! – Jetzt spürt die Tante auch
An dem Fuß den kalten Hauch.

»Nolte!« – ruft sie – »Lasse das,
Denn das ist ein dummer Spaß!«

Und mit Murren und Gebrumm
Kehrt man beiderseits sich um.

Schnupp! – Da liegt man gänzlich bloß
Und die Zornigkeit wird groß;

Und der Schlüsselbund erklirrt,
Bis der Onkel flüchtig wird. –

Autsch! Wie tut der Fuß so weh!
An der Angel sitzt die Zeh.

Lene hört nicht auf zu zupfen.
Onkel Nolte der muß hupfen.

Lene hält die Türe zu.
Oh, du böse Lene du!!

Stille wird es nach und nach,
Friede herrscht im Schlafgemach.

Am Morgen aber ward es klar,
Was nachts im Rat beschlosen war.
Kalt, ernst und dumpf sprach Onkel Nolte:
»Helene, was ich sagen wollte: –«

»Ach!« – rief sie – »Ach! Ich will es nun
Auch ganz gewiß nicht wieder tun!«

»Es ist zu spät! – Drum stantepeh
Pack deine Sachen! – So! – Ade!«

Siebentes Kapitel

Ratsam ist und bleibt es immer
Für ein junges Frauenzimmer,
Einen Mann sich zu erwählen
Und womöglich zu vermählen.
Erstens: will es so der Brauch.
Zweitens: will man's selber auch.

Drittens: man bedarf der Leitung
Und der männlichen Begleitung;
Weil bekanntlich manche Sachen,
Welche große Freude machen,
Mädchen nicht allein verstehn;
Als da ist: ins Wirtshaus gehn. –

Freilich oft, wenn man auch möchte,
Findet sich nicht gleich der Rechte.
Und derweil man so allein,
Sucht man sonst sich zu zerstreun.

Lene hat zu diesem Zwecke
Zwei Kanari in der Hecke,

Welche Niep und Piep genannt.
Zierlich fraßen aus der Hand
Diese goldignetten Mätzchen.

Aber Mienzi hieß das Kätzchen. –

Einstens kam auch auf Besuch
Kater Munzel, frech und klug.

Alsobald so ist man einig. –
Festentschlossen, still und schleunig

Ziehen sie voll Mörderdrang
Niep und Piep die Hälse lang.

Drauf so schreiten sie ganz heiter
Zu dem Kaffeetische weiter. –
Mienzi mit dem sanften Tätzchen
Nimmt die guten Zuckerplätzchen.

Aber Munzels dicker Kopf
Quält sich in den Sahnetopf.

Grad kommt Lene, welche drüben
Eben einen Brief geschrieben,
Mit dem Licht und Siegellack
Und bemerkt das Lumpenpack.

Mienzi kann noch schnell enteilen,
Aber Munzel muß verweilen;

Denn es sitzt an Munzels Kopf
Festgeschmiegt der Sahnetopf.

Blindlings stürzt er sich zur Erd.
Klacks! – Der Topf ist nichts mehr wert.

Aufs Büfett geht es jetzunder.
Flaschen, Gläser – alles runter!

Sehr in Ängsten sieht man ihn
Aufwärts sausen am Kamin.

Ach! – Die Venus ist perdü –
Klickeradoms! – von Medici!

Weh! Mit einem Satze ist er
Vom Kamine an dem Lüster;

Und da geht es Klingelingelings!
Unten liegt das teure Dings.

Schnell sucht Munzel zu entrinnen,
Doch er kann nicht mehr von hinnen. –

Wehe, Munzel! – Lene kriegt
Tute, Siegellack und Licht.

Allererst tut man die Tute
An des Schweifs behaarte Rute;

Dann das Lack, nachdem's erhitzt,
Auf die Tute, bis sie sitzt.

Drauf hält man das Licht daran,
Daß die Tute brennen kann.

Jetzt läßt man den Munzel los –
Mau! – Wie ist die Hitze groß!

Achtes Kapitel

Wenn's einer davon haben kann,
So bleibt er gerne dann und wann
Des Morgens, wenn das Wetter kühle,
Noch etwas liegen auf dem Pfühle

Und denkt sich so in seinem Sinn:
Na, dämmre noch 'n bissel hin!
Und denkt so hin und denkt so her,
Wie dies wohl wär, wenn das nicht wär,
Und schließlich wird es ihm zu dumm.
Er wendet sich nach vorne um,
Kreucht von der warmen Lagerstätte
Und geht an seine Toilette.

Die Proppertet ist sehr zu schätzen,
Doch kann sie manches nicht ersetzen.

Der Mensch wird schließlich mangelhaft.

Die Locke wird hinweggerafft. –

Mehr ist hier schon die Kunst zu loben,

Denn Schönheit wird durch Kunst gehoben.
Allein auch dieses, auf die Dauer,
Fällt doch dem Menschen schließlich sauer.

»Es sei!« – sprach Lene heute früh –
»Ich nehme Schmöck und Kompanie!«

G. J. C. Schmöck, schon längst bereit,
Ist dieserhalb gar hoch erfreut.
Und als der Frühling kam ins Land,
Ward Lene Madam Schmöck genannt.

Neuntes Kapitel

‘s war Heidelberg, das sich erwählten
Als Freudenort die Neuvermählten.

Wie lieblich wandelt man zu zwei'n
Das Schloß hinauf im Sonnenschein.

»Ach, sieh nur mal, geliebter Schorsch,
Hier diese Trümmer alt und morsch!«

»Ja!« – sprach er – »Aber diese Hitze!
Und fühle nur mal, wie ich schwitze!«

Ruinen machen vielen Spaß. –
Auch sieht man gern das große Faß.

Und – alle Ehrfurcht! – muß ich sagen.
Alsbald, so sitzt man froh im Wagen

Und sieht das Panorama schnelle
Vorüberziehn bis zum Hotelle.

Denn Spargel, Schinken, Koteletts
Sind doch mitunter auch was Netts.

»Pist! Kellner! Stell'n Sie eine kalt!
Und, Kellner! aber möglichst bald!«

Der Kellner hört des Fremden Wort.
Es saust der Frack. Schon eilt er fort.

Wie lieb und luftig perlt die Blase
Der Witwe Klicko in dem Glase. –

Gelobt seist du vieltausendmal!

Helene blättert im Journal.

»Pist! Kellner! Noch einmal so eine!« –
Helenen ihre Uhr ist neune. –

Der Kellner hört des Fremden Wort.
Es saust der Frack. Schon eilt er fort.

Wie lieb und luftig perlt die Blase
Der Witwe Klicko in dem Glase.

»Pist! Kellner! Noch so was von den!« –
Helenen ihre Uhr ist zehn. –

Schon eilt der Kellner emsig fort. –
Helene spricht ein ernstes Wort.

Der Kellner leuchtet auf der Stiegen.
Der fremde Herr ist voll Vergnügen.

Pitsch! Siehe da! Er löscht das Licht.

Plumps! liegt er da und rührt sich nicht.

Zehntes Kapitel

Viele Madams, die ohne Sorgen,
In Sicherheit und wohlgeborgen,
Die denken: Pah! Es hat noch Zeit!
Und bleiben ohne Frömmigkeit. –

Wie lobenswert ist da Helene!
Helene denkt nicht so wie jene. –
Nein nein! Sie wandelt oft und gerne
Zur Kirche hin, obschon sie ferne.

Und Jean, mit demutsvollem Blick,
Drei Schritte hinterwärts zurück,
Das Buch der Lieder in der Hand,
Folgt seiner Herrin unverwandt.

Doch ist Helene nicht allein
Nur auf sich selbst bedacht. – O nein! –
Ein guter Mensch gibt gerne acht,
Ob auch der andre was Böses macht;
Und strebt durch häufige Belehrung
Nach seiner Bessrung und Bekehrung.

»Schang!« – sprach sie einstens – »Deine Taschen
Sind oft so dick! Schang! Tust du naschen?

Ja, siehst du wohl! Ich dacht es gleich!
Oh Schang! Denk an das Himmelreich!«

Dies Wort drang ihm in die Natur,
So daß er schleunigst Bessrung schwur.

Doch nicht durch Worte nur allein
Soll man den andern nützlich sein. –
Helene strickt die guten Jacken,
Die so erquicklich für den Nacken,
Denn draußen wehen rauhe Winde. –
Sie fertigt auch die warme Binde.
Denn diese ist für kalte Mägen
Zur Winterszeit ein wahrer Segen.
Sie pflegt mit herzlichem Pläsier
Sogar den fränkschen Offizier,
Der noch mit mehren dieses Jahr
Im Deutschen Reiche seßhaft war. –
Besonders aber tat ihr leid
Der armen Leute Bedürftigkeit.
Und da der Arzt mit Ernst geraten,
Den Leib in warmem Wein zu baden,

So tut sie's auch.

Oh, wie erfreut
Ist nun die Schar der armen Leut,

Die, sich recht innerlich zu laben,
Doch auch mal etwas Warmes haben.

Elftes Kapitel

Viel Freude macht, wie männiglich bekannt,
Für Mann und Weib der heilige Ehestand;
Und lieblich ist es für den Frommen,
Der die Genehmigung dazu bekommen,
Wenn er sodann nach der üblichen Frist
Glücklicher Vater und Mutter ist. –

Doch manchmal ärgert man sich bloß,
Denn die Ehe bleibt kinderlos. –
Dieses erfuhr nach einiger Zeit
Helene mit großer Traurigkeit. –

Nun wohnte allda ein frommer Mann,
Bei St. Peter dicht nebenan,
Von Fraun und Jungfraun weit und breit
Hochgepriesen ob seiner Gelehrsamkeit. –
(Jetzt war er freilich schon etwas kränklich.)
»O meine Tochter!« – sprach er bedenklich –
»Dieses ist ein schwierig Kapitel;
Da helfen allein die geistlichen Mittel!
Drum, meine Beste, ist dies mein Rat:
Schreite hinauf den steilen Pfad
Und folge der seligen Pilgerspur
Gen Chosemont de bon secours;

Denn dorten, berühmt seit alter Zeit,
Stehet die Wiege der Fruchtbarkeit.
Und wer allda sich hinverfügt,
Und wer allda die Wiege gewiegt,
Der spürete bald nach selbigter Fahrt,
Daß die Geschichte anders ward.
Solches hat noch vor etzlichen Jahren
Leider Gotts! eine fromme Jungfer erfahren,
Welche, indem sie bis dato in diesen
Dingen nicht sattsam unterwiesen,
Aus Unbedacht und kindlichem Vergnügen
Die Wiege hat angefangen zu wiegen.
Und ob sie schon nur ein wenig gewiegt,
Hat sie dennoch ein ganz kleines Kind gekriegt.

Auch kam da ein frecher Pilgersmann,
Der rühret aus Vorwitz die Wiegen an.

Darauf nach etwa etzlichen Wochen,
Nachdem er dieses verübt und verbrochen,
Und – - doch, meine Liebe, genug für heute!
Ich höre, daß es zur Metten läute. –
Addio! Und Trost sei Dir beschieden!
Zeuge hin in Frieden!«

Zwölftes Kapitel

Hoch von gnadenreicher Stelle
Winkt die Schenke und Kapelle. –

Aus dem Tale zu der Höhe,
In dem seligen Gedränge
Andachtsvoller Christenmenge
Fühlt man froh des andern Nähe;
Denn hervor aus Herz und Munde,
Aus der Seele tiefstem Grunde
Haucht sich warm und innig an
Pilgerin und Pilgersmann. –

Hier vor allen, schuhbestaubt,
Warm ums Herze, warm ums Haupt.
Oft erprobt in ernster Kraft,
Schreitet die Erzgebruderschaft. –

Itzo kommt die Jungferngilde,
Auf den Lippen Harmonie,
In dem Busen Engelsmilde,
In der Hand das Paraplü.
Oh wie lieblich tönt der Chor!
Bruder Jochen betet vor. –

Aber dort im Sonnenscheine
Geht Helene traurig-heiter,
Sozusagen, ganz alleine;

Denn ihr einziger Begleiter,
Stillverklärt im Sonnenglanz,
Ist der gute Vetter Franz,
Den seit kurzem die Bekannten
Nur den »heilgen« Franz benannten. –

Traulich wallen sie zu zweit
Als zwei fromme Pilgersleut.

Gott sei Dank, jetzt ist man oben!
Und mit Preisen und mit Loben
Und mit Eifer und Bedacht
Wird das Nötige vollbracht.

Freudig eilt man nun zur Schenke,
Freudig greift man zum Getränke,
Welches schon seit langer Zeit
In des Klosters Einsamkeit
Ernstbesonnen, stillvertraut,
Bruder Jakob öfters braut.

Hierbei schaun sich innig an.
Pilgerin und Pilgersmann.

Endlich nach des Tages Schwüle
Naht die sanfte Abendkühle.
In dem goldnen Mondenscheine
Geht Helene froh und heiter,
Sozusagen, ganz alleine;
Denn ihr einziger Begleiter,
Stillverklärt im Mondesglanz,
Ist der heilge Vetter Franz.
Traulich ziehn sie heim zu zweit
Als zwei gute Pilgersleut.

Doch die Erzgebruderschaft
Nebst den Jungfern tugendhaft,
Die sich etwas sehr verspätet,
Kommen jetzt erst angebetet.
Oh wie lieblich tönt der Chor!
Bruder Jochen betet vor.

Schau, da kommt von ungefähr
Eine Droschke noch daher.

Er, der diese Droschke fuhr,
Frech und ruchlos von Natur,
Heimlich denkend: papperlapp!,
Tuet seinen Hut nicht ab. –

Weh! Schon schaun ihn grollend an
Pilgerin und Pilgersmann.

Zwar der Kutscher sucht mit Klappen
Anzuspornen seinen Rappen,
Aber Jochen schiebt die lange
Jungfernbundesfahnenstange
Durch die Hinterräder quer –

Schrupp! – und 's Fahrwerk geht nicht mehr. –

Bei den Beinen, bei dem Rocke
Zieht man ihn von seinem Bocke.

Jungfer Nanni mit der Krücke
Stößt ihn häufig ins Genicke.

Aber Jungfer Adelheid
Treibt die Sache gar zu weit;

Denn sie sticht in Kampfeshitze
Mit des Schirmes scharfer Spitze,
Und vor Schaden schützt ihn bloß
Seine warme Lederhos. –

Drauf so schaun sich fröhlich an
Pilgerin und Pilgersmann. –

Fern verklingt der Jungfernchor.
Bruder Jochen betet vor. –

Doch der böse Kutscher, dem

Alles dieses nicht genehm,
Meldet eilig die Geschichte
Bei dem hohen Stadtgerichte.
Dieses ladet baldigst vor
Jochen und den Jungfernchor.

Und das Urteil wird gesprochen:
Bruder Jochen kriegt drei Wochen,

Aber Jungf- und Bruderschaften
Sollen für die Kosten haften.

Ach! da schaun sich traurig an
Pilgerin und Pilgersmann.

Dreizehntes Kapitel

Wo kriegten wir die Kinder her,
Wenn Meister Klapperstorch nicht wär?

Er war's, der Schmöcks in letzter Nacht
Ein kleines Zwillingspaar gebracht.

Der Vetter Franz, mit mildem Blick,
Hub an und sprach: »Oh welches Glück!
Welch kleine, freundliche Kollegen!
Das ist fürwahr zwiefacher Segen!

Drum töne zwiefach Preis und Ehr! –
Herr Schmöck, ich gratuliere sehr!«

Bald drauf um zwölf kommt Schmöck herunter,
So recht vergnügt und frisch und munter.

Und emsig setzt er sich zu Tische,
Denn heute gibt's Salat und Fische.

Autsch! – Eine Gräte kommt verquer,
Und Schmöck wird blau und hustet sehr;

Und hustet, bis ihm der Salat
Aus beiden Ohren fliegen tat.

Bums! Da! Er schließt den Lebenslauf.
Der Jean fängt schnell die Flasche auf.

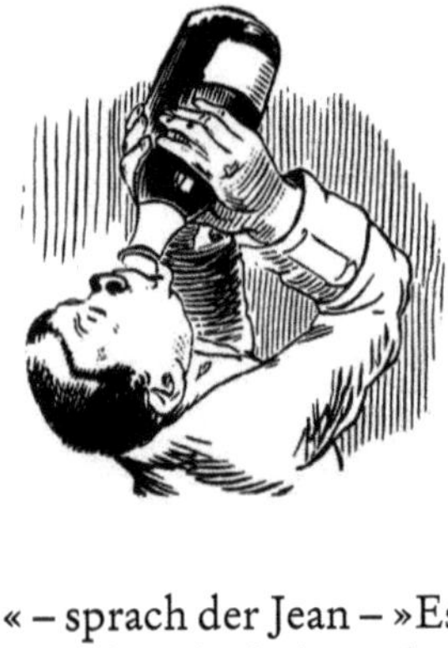

»Oh!« – sprach der Jean – »Es ist ein Graus!
Wie schnell ist doch das Leben aus!«

Vierzehntes Kapitel

»Oh Franz!« – spricht Lene – und sie weint –
»Oh Franz! Du bist mein einzger Freund!«
»Ja!« schwört der Franz mit mildem Hauch –
»Ich war's, ich bin's und bleib es auch!

Nun gute Nacht! Schon tönt es zehn!
Will's Gott! auf baldig Wiedersehn!«

Die Stiegen steigt er sanft hinunter. –
Schau, schau! Die Kathi ist noch munter.

Das freut den Franz. – Er hat nun mal
'n Hang fürs Küchenpersonal.

Der Jean, der heimlich näher schlich,
Bemerkt die Sache zorniglich.

Von großer Eifersucht erfüllt,
Hebt er die Flasche rasch und wild

Und – Kracks! – Es dringt der scharfe Schlag
Bis tief in das Gedankenfach.

’s ist aus! – Der Lebensfaden bricht. –
Helene naht. – Es fällt das Licht. –

Fünfzehntes Kapitel

Ach, wie ist der Mensch so sündig! –
Lene, Lene! Gehe in dich! –

Und sie eilet tieferschüttert
Zu dem Schranke schmerzdurchzittert.
Fort! Ihr falschgesinnten Zöpfe,
Schminke und Pomadetöpfe!

Fort! Du Apparat der Lüste,
Hochgewölbtes Herzgerüste!

Fort vor allem mit dem Übel
Dieser Lust- und Sündenstiebel!

Trödelkram der Eitelkeit,
Fort! Und sei der Glut geweiht!!

Oh, wie lieblich sind die Schuhe
Demutsvoller Seelenruhe!! –

Sieh, da geht Helene hin,
Eine schlanke Büßerin!

Sechzehntes Kapitel

Es ist ein Brauch von alters her:
Wer Sorgen hat, hat auch Likör!

»Nein!« – ruft Helene – »Aber nun
Will ich's auch ganz – und ganz – und ganz –
und ganz gewiß nicht wieder tun!«

Sie kniet von ferne fromm und frisch.
Die Flasche stehet auf dem Tisch.

Es läßt sich knien auch ohne Pult. –
Die Flasche wartet mit Geduld.

Man liest nicht gerne weit vom Licht. –
Die Flasche glänzt und rührt sich nicht.

Oft liest man mehr als wie genug.
Die Flasche ist kein Liederbuch.

Gefährlich ist des Freundes Nähe.
O Lene, Lene! Wehe, wehe!

Oh sieh! – Im selgen Nachtgewande
Erscheint die jüngstverstorbne Tante.

Mit geisterhaftem Schmerzgetöne –
»Helene!« – ruft sie – »Oh, Helene!!!«

Umsonst!! – Es fällt die Lampe um,
Gefüllt mit dem Petroleum.

Und hilflos und mit Angstgewimmer
Verkohlt dies fromme Frauenzimmer.

Hier sieht man ihre Trümmer rauchen
Der Rest ist nicht mehr zu gebrauchen.

Siebzehntes Kapitel

Hu! Draußen welch ein schrecklich Grausen!
Blitz, Donner, Nacht und Sturmesbrausen! –

Schon wartet an des Hauses Schlote
Der Unterwelt geschwänzter Bote.

Zwar Lenens guter Genius
Bekämpft den Geist der Finsternus.

Doch dieser kehrt sich um und packt
Ihn mit der Gabel zwiegezackt.

O weh, o weh! der Gute fällt!
Es siegt der Geist der Unterwelt.

Er faßt die arme Seele schnelle

Und fährt mit ihr zum Schlund der Hölle.

Hinein mit ihr!! – Huhu! Haha!
Der heilge Franz ist auch schon da.

Schluß

Als Onkel Nolte dies vernommen,
War ihm sein Herze sehr beklommen.

Doch als er nun genug geklagt:
»Oh!« – sprach er – »Ich hab's gleich gesagt!

Das Gute – dieser Satz steht fest –
Ist stets das Böse, was man läßt!

Ei ja! – Da bin ich wirklich froh!
Denn, Gott sei Dank! Ich bin nicht so!!«

Maler Klecksel

Erstes Kapitel

Das Reden tut dem Menschen gut;
Wenn man es nämlich selber tut;
Von Angstprodukten abgesehn,
Denn so etwas bekommt nicht schön.

Die Segelflotte der Gedanken,
Wie fröhlich fährt sie durch die Schranken
Der aufgesperrten Mundesschleuse
Bei gutem Winde auf die Reise
Und steuert auf des Schalles Wellen
Nach den bekannten offnen Stellen
Am Kopfe in des Ohres Hafen
Der Menschen, die mitunter schlafen.

Vor allen der Politikus
Gönnt sich der Rede Vollgenuß;
Und wenn er von was sagt, so sei's,
Ist man auch sicher, daß er's weiß.

Doch andern, darin mehr zurück,
Fehlt dieser unfehlbare Blick.
Sie lockt das zartere Gemüt
Ins anmutreiche Kunstgebiet,
Wo grade, wenn man nichts versteht,
Der Schnabel um so leichter geht.

Fern liegt es mir, den Freund zu rügen,
Dem Tee zu kriegen ein Vergnügen
Und im Salon mit geistverwandten
Ästhetisch durchgeglühten Tanten
Durch Reden bald und bald durch Lauschen

Die Seelen säuselnd auszutauschen.
Auch tadl' ich keinen, wenn's ihn gibt,
Der diese Seligkeit nicht liebt,
Der keinen Tee mag, selbst von Engeln,
Dem's da erst wohl, wo Menschen drängeln.
Ihn fährt die Droschke, zieht das Herz
Zu schönen Opern und Konzerts,

Die auch im Grund, was nicht zu leugnen,
Zum Zwiegespräch sich trefflich eignen.
Man sitzt gesellig unter vielen
So innig nah auf Polsterstühlen,
Man ist so voll humaner Wärme,
Doch ewig stört uns das Gelärme,
Das Grunzen, Plärren und Gegirre
Der musikalischen Geschirre,
Die eine Schar im schwarzen Fracke
Mit krummen Fingern, voller Backe,
Von Meister Zappelmann gehetzt,
Hartnäckig in Bewegung setzt.
So kommt die rechte Unterhaltung
Nur ungenügend zur Entfaltung.

Ich bin daher, statt des Gewinsels,
Mehr für die stille Welt des Pinsels;
Und, was auch einer sagen mag,
Genußreich ist der Nachmittag,
Den ich inmitten schöner Dinge
Im lieben Kunstverein verbringe;
Natürlich meistenteils mit Damen.
Hier ist das Reich der goldnen Rahmen,

Hier herrschen Schönheit und Geschmack,
Hier riecht es angenehm nach Lack;
Hier gibt die Wand sich keine Blöße,

Denn Prachtgemälde jeder Größe
Bekleiden sie und warten ruhig,
Bis man sie würdigt, und das tu ich.
Mit scharfem Blick, nach Kennerweise,
Seh ich zunächst mal nach dem Preise,
Und bei genauerer Betrachtung
Steigt mit dem Preise auch die Achtung.
Ich blicke durch die hohle Hand,
Ich blinzle, nicke: »Ah, scharmant!
Das Kolorit, die Pinselführung,
Die Farbentöne, die Gruppierung,
Dies Lüster, diese Harmonie,
Ein Meisterwerk der Phantasie.
Ah, bitte, sehn Sie nur, Komteß!«
Und die Komteß, sich unterdes
Im duftigen Batiste schneuzend,
Erwidert schwärmrisch: »Oh, wie reizend!«

Und wahrlich! Preis und Dank gebührt
Der Kunst, die diese Welt verziert.

Der Architekt ist hochverehrlich,
(Obschon die Kosten oft beschwerlich)
Weil er uns unsre Erdenkruste,
Die alte, rauhe und berußte,
Mit saubern Baulichkeiten schmückt,
Mit Türmen und Kasernen spickt.

Der Plastiker, der uns ergötzt,
Weil er die großen Männer setzt,
Grauschwärzlich, grünlich oder weißlich,
Schon darum ist er löb- und preislich,
Daß jeder, der z. B. fremd
Soeben erst vom Bahnhof kömmt,

In der ihm unbekannten Stadt
Gleich den bekannten Schiller hat.

Doch größern Ruhm wird der verdienen,
Der Farben kauft und malt mit ihnen.

Wer weiß die Hallen und dergleichen
So welthistorisch zu bestreichen?
Alfresco und für ewig fast,
Wenn's mittlerweile nicht verblaßt.
Wer liefert uns die Genresachen,
So rührend oder auch zum Lachen?
Wer schuf die grünen Landschaftsbilder,
Die Wirtshaus- und die Wappenschilder?
Wer hat die Reihe deiner Väter
Seit tausend Jahren oder später
So meisterlich in Öl gesetzt?
Wer wird vor allen hochgeschätzt?
Der Farbenkünstler! Und mit Grund!
Er macht uns diese Welt so bunt.

Darum, o Jüngling, fasse Mut;
Setz auf den hohen Künstlerhut
Und wirf dich auf die Malerei;
Vielleicht verdienst du was dabei!

Nach diesem ermunterungsvollen Vermerke
Fahren wir fort im löblichen Werke.

Zweites Kapitel

Nachdem die Welt so manches Jahr
Im alten Gleis gegangen war,
Erfuhr dieselbe unvermutet,

Daß, als der Wächter zwölf getutet,
Bei Klecksels, wohnhaft Numro 3,
Ein Knäblein angekommen sei. –
Bald ist's im Kirchenbuch zu lesen;
Denn wer bislang nicht dagewesen,
Wer so als gänzlich Unbekannter,
Nunmehr als neuer Anverwandter,
Ein glücklich Elternpaar besucht,
Wird flugs verzeichnet und gebucht.
Kritzkratz! Als kleiner Weltphilister
Steht Kuno Klecksel im Register. –

Früh zeigt er seine Energie,
Indem er ausdermaßen schrie;
Denn früh belehrt ihn die Erfahrung,
Sobald er schrie, bekam er Nahrung.

Dann lutscht er emsig und behende,

Bis daß die Flüssigkeit zu Ende.

Auch schien's ihm höchst verwundersam,
Wenn jemand mit der Lampe kam.
Er staunt, er glotzt, er schaut verquer,
Folgt der Erscheinung hin und her

Und weidet sich am Lichteffekt.
Man sieht bereits, was in ihm steckt.

Schnell nimmt er zu, wird stark und feist,
An Leib nicht minder wie an Geist,

Und zeigt bereits als kleiner Knabe

Des Zeichnens ausgeprägte Gabe.
Zunächst mit einem Schieferstiele
Macht er Gesichter im Profile;

Zwei Augen aber fehlen nie,
Denn die, das weiß er, haben sie.
Durch Übung wächst der Menschenkenner.
Bald macht er auch schon ganze Männer
Und zeichnet fleißig, oft und gern
Sich einen wohlbeleibten Herrn.

Und nicht nur, wie er außen war,
Nein, selbst das Innre stellt er dar.

Hier thront der Mann auf seinem Sitze
Und ißt z. B. Hafergrütze.
Der Löffel führt sie in den Mund,
Sie rinnt und rieselt durch den Schlund,
Sie wird, indem sie weiterläuft,
Sichtbar im Bäuchlein angehäuft. –

So blickt man klar, wie selten nur,
Ins innre Walten der Natur. –

Doch ach! Wie bald wird uns verhunzt
Die schöne Zeit naiver Kunst;
Wie schnell vom elterlichen Stuhle
Setzt man uns auf die Bank der Schule!

Herr Bötel nannte sich der Lehrer,
Der, seinerseits kein Kunstverehrer,
Mehr auf das Praktische beschränkt,
Dem Kuno seine Studien lenkt.

Einst an dem schwarzen Tafelbrett

Malt Kuno Böteln sein Portrett.

Herr Bötel, der es nicht bestellt,
Auch nicht für sprechend ähnlich hält,

Schleicht sich herzu in Zornerregung;
Und unter heftiger Bewegung

Wird das Gemälde ausgeputzt.

Der Künstler wird als Schwamm benutzt.

Bei Kuno ruft dies Ungemach
Kein Dankgefühl im Busen wach. –

Ein Kirchenschlüssel, von Gestalt
Ehrwürdig, rostig, lang und alt,
Durch Kuno hinten angefeilt,
Wird fest mit Pulver vollgekeilt.
Zu diesem ist er im Besitze
Von einer oft erprobten Spritze;
Und da er einen Schlachter kennt,
Füllt er bei ihm sein Instrument.

Die Nacht ist schwarz. Herr Bötel liest.

Bums! hört er, daß man draußen schießt.

Er denkt: Was mag da vor sich gehn?

Ich muß mal aus dem Fenster sehn.

Es zischt der Strahl, von Blut gerötet;

Herr Bötel ruft: »Ich bin getötet!«

Mit diesen Worten fällt er nieder

Und streckt die schreckgelähmten Glieder.
Frau Bötel war beim Tellerspülen;
Sie kommt und schreit mit Angstgefühlen:

»Ach Bötel! lebst du noch, so sprich!«

»Kann sein!« – sprach er – »Man wasche mich!«

Bald zeigt sich, wie die Sache steht.
Herr Bötel lebt und ist komplett.
Er ruft entrüstet und betrübt:

»Das hat der Kuno ausgeübt!« –

Wenn wer sich wo als Lump erwiesen,
So bringt man in der Regel diesen
Zum Zweck moralischer Erhebung
In eine andere Umgebung.
Der Ort ist gut, die Lage neu.
Der alte Lump ist auch dabei. –

Nach diesem schon öfters erprobten Vermerke
Fahren wir fort im löblichen Werke.

Drittes Kapitel

Alsbald nach dieser Spritzaffäre
Kommt unser Kuno in die Lehre
Zum braven Malermeister Quast;

Ein Mann, der seine Kunst erfaßt,
Ein Mann, der trefflich tapeziert
Und Ofennischen marmoriert,
Und dem für künstlerische Zwecke
Erreichbar selbst die höchste Decke.

Der Kunstbetrieb hat seine Plagen.

Viel Töpfe muß der Kuno tragen.
Doch gerne trägt er einen Kasten
Mit Vesperbrot für sich und Quasten.

Es fiel ihm auf, daß jeder Hund
Bei diesem Kasten stillestund.

»Ei!« – denkt er – »das ist ja famos!«

Und macht den Deckel etwas los.

Ein Teckel, der den Deckel lupft,

Wird eingeklemmt und angetupft,
So daß er buntgefleckelt ward,
Fast wie ein junger Leopard.

Ein Windspiel, das des Weges läuft

Und naschen will, wird quer gestreift;
Es ist dem Zebra ziemlich ähnlich,
Nur schlanker als wie dies gewöhnlich.

Ein kleiner Bulldogg, der als dritter
Der Meinung ist, daß Wurst nicht bitter,

Wird reizend grün und gelb kariert,
Wie's einem Inglischmän gebührt.

Ungern bemerkt dies Meister Quast.

Ihm ist die Narretei verhaßt;
Er liebte keine Zeitverschwendung
Und falsche Farbestoffverwendung.
Er schwieg. Doch als die Stunde kam,
Wo man die Vespermahlzeit nahm,

Da sprach er mild und guten Mutes:

»Ein guter Mensch kriegt auch was Gutes!«

Er schnitt vom Brot sich einen Fladen.

Der Kuno wird nicht eingeladen.

Er greift zur Wurst. Er löst die Haut.
Der Kuno steht dabei und schaut.

Die Wurst verschwindet allgemach.

Der Kuno blickt ihr schmachtend nach. –

Die Wurst verschwand bis auf die Schläue.

Der Kuno weint der Tränen zweie.

Doch Meister Quast reibt frohbedächtig

Den Leib und spricht: »Das schmeckte prächtig!
Heut abend laß ich nichts mehr kochen!« –
Er hält getreu, was er versprochen;
Geht ein durch seine Kammerpforte
Und spricht gemütlich noch die Worte:

»Sei mir willkommen, süßer Schlaf!
Ich bin zufrieden, weil ich brav!«

Der Kuno denkt noch nicht zu ruhn.
Er hat was Wichtiges zu tun.

Zunächst vor jeder andern Tat
Legt er sein Ränzel sich parat.
Sodann erbaut er auf der Diele
Aus Töpfen, Gläsern und Gestühle
Ein Werk im Stil der Pyramiden
Zum Denkmal, daß er abgeschieden.
Apart jedoch von der Verwirrnis
Stellt er den Topf, gefüllt mit Firnis.
Zuletzt ergreift er, wie zur Wehre,

Die mächtige Tapetenschere.

Quasts Deckbett ist nach altem Brauch
Ein stramm gestopfter Federschlauch.
Mit einem langen, leisen Schnitte

Schlitzt es der Kuno in der Mitte.

Rasch leert er jetzt den Firnistopf
Auf Quastens ahnungslosen Kopf.

Quast fährt empor voll Schreck und Staunen,

Greift, schlägt und tobt und wird voll Daunen.

Er springt hinaus in großer Hast,

Von Ansehn wie ein Vogel fast,

Und stößt mit schrecklichem Rumbum
Die neuste Pyramide um.

Froh schlägt das Herz im Reisekittel,
Vorausgesetzt, man hat die Mittel.

Nach diesem ahnungsvollen Vermerke
Fahren wir fort im löblichen Werke.

Viertes Kapitel

Recht gern empfängt die Musenstadt
Den Fremdling, welcher etwas hat. –
Kuno ist da. – Gedankentief
Verfaßt derselbe diesen Brief:

»Geehrter Herr Vater! Bei Meister Quast
Hat es mir leider nicht recht gepaßt.
Seit vorigen Freitag bin ich allhie,
Um zu besuchen die Akademie.
Geld hab ich bereits schon gar nicht mehr.
Um solches, o Vater, ersuch ich Euch sehr.
Logieren tu ich auf hartem Gestrüppe.
Euer Sohn, das Hunger- und Angstgerippe.«

Der Vater, kratzend hinterm Ohr,
Sucht hundert Gulden bang hervor.
Eindringlich warnend vor Verschwendung,
Macht er dem Sohn die schwere Sendung.

Jetzt hat der Kuno Geld in Masse.

Stolz geht er in die Zeichenklasse.
Von allen Schülern, die da sitzen,
Kann keiner so den Bleistift spitzen.
Auch sind nur wenige dazwischen,
Die so wie er mit Gummi wischen.
Und im Schraffieren, was das Schwerste,
Da wird er unbedingt der Erste.

Jedoch zunacht, wenn er sich setzte,
Beim Schimmelwirt, blieb er der Letzte.

Mit Leichtigkeit genießt er hier
So seine ein, zwei, drei Glas Bier.

Natürlich, da er so vorzüglich,
Sitzt er zu Ostern schon vergnüglich
Im herrlichen Antikensaale,
Dem Sammelplatz der Ideale.

Der Alten ewig junge Götter –
Wenn mancher auch in Wind und Wetter

Und sonst durch allerlei Verdrieß
Kopf, Arm und Bein im Stiche ließ –

Ergötzen Kuno unbeschreiblich;
Besonders, wenn die Götter weiblich.

Er ahmt sie nach in schwarzer Kreide.

Doch kann er sich auch diese Freude
An schönen Sommernachmittagen,
Wenn's grade nötig, mal versagen
Und eilt mit brennender Havanna
Zum Schimmelwirt zu der Susanna.

Hier in des Gartens Lustrevier
Trinkt er so zwei, drei, vier Glas Bier.
Daher man denn auch bald erfuhr,
Der Klecksel malt nach der Natur.

Am linken Daumen die Palette,
Steht er schon da vor seinem Brette
Und malt die alte Runzeltante,
Daß sie fast jeder wiederkannte.

Doch eh die Abendglocke klang,
Macht er den hergebrachten Gang

Zur Susel und vertilgt bei ihr
So seine vier, fünf, sechs Glas Bier.
Da eines Abends sagt ganz plötzlich,
Grad als der Kuno recht ergötzlich,
Dies sonst so nette Frauenzimmer:

»Jetzt zahlen, oder Bier gibt's nimmer!«
Ach! reines Glück genießt doch nie,
Wer zahlen soll und weiß nicht wie!

Nach diesem mit Wehmut gemachten Vermerke
Fahren wir fort im löblichen Werke.

Fünftes Kapitel

Ganz arglos auf dem Schillerplatzel

Geht Kunos Freund, der Herr v. Gnatzel.
Ein netter Herr, ein lieber Mann.

Der Kuno pumpt ihn freudig an.

Freund Gnatzels Züge werden schmerzlich.
Er spricht gerührt: »Bedaure herzlich!
Recht dumm! Vergaß mein Portemonnaie!

Geduld bis morgen früh! Adieu!«

Von nun an ist es sonderbar,
Wie Gnatzel schwer zu treffen war.

Oft naht sich dieser Freund von ferne,
Und Kuno grüßte ihn so gerne;

Doch kommt er nie zu seinem Zwecke;

Freund Gnatzel biegt um eine Ecke.

Oft sucht ihn Kuno zu beschleichen,
Um ihn von hinten zu erreichen;

Freund Gnatzel merkt es aber richtig,
Grad so, als ob er hintersichtig,

Schlüpft in die Droschke mit Geschick

Und läßt den Kuno weit zurück. –

Der Kuno blickt in eine Schenke.

Sieh da! Freund Gnatzel beim Getränke!

Doch schnell entschlüpft er dem Lokal

Durchs Hinterpförtchen, wie ein Aal. –

Der Kuno sieht in dieser Not
Nur noch ein einzig Rettungsboot.
Er hat, von Schöpfungsdrang erfüllt,
Verfertigt ein historisch Bild:

Wie Bertold Schwarz vor zwei Sekunden
Des Pulvers große Kraft erfunden.
Dies Bildnis soll der Retter sein.
Er bringt es auf den Kunstverein.

Leicht kommt man an das Bildermalen,
Doch schwer an Leute, die 's bezahlen.
Statt ihrer ist, als ein Ersatz,
Der Kritikus sofort am Platz.

Nach diesem, ach leider! so wahren Vermerke
Fahren wir fort im löblichen Werke.

Sechstes Kapitel

In selber Stadt ernährte sich
Ganz gut ein Dr. Hinterstich
Durch Kunstberichte von Bedeutung
In der von ihm besorgten Zeitung,
Was manchem das Geschäft verdirbt,
Der mit der Kunst sein Brot erwirbt.

Dies Blatt hat Klecksel mit Behagen
Von jeher eifrig aufgeschlagen.
Auch heute hält er's in der Hand
Und ist auf den Erfolg gespannt.

Wie düster wird sein Blick umnebelt!
Wie hat ihn Hinterstich vermöbelt!

Sogleich in eigener Person
Fort stürmt er auf die Redaktion.

Des Autors Physiognomie
Bedroht er mit dem Paraplü.

Der Kritikus, in Zornekstase,

Spießt mit der Feder Kunos Nase;

Ein Stich, der um so mehr verletzt,
Weil auch zugleich die Tinte ätzt.

Stracks wird der Regenschirm zur Lanze.

Flugs dient der Tisch als eine Schanze.

Vergeblich ist ein hoher Stoß;

Auch bleibt ein tiefer wirkungslos.

Jetzt greift der Kritikus voll Haß
Als Wurfgeschoß zum Tintenfaß.

Jedoch der Schaden bleibt gering,
Weil ihn das Paraplü empfing.

Der Kritikus braucht eine Finte.

Er zieht den Kuno durch die Tinte.

Der Tisch fällt um. Höchst penetrant

Wirkt auf das Augenlicht der Sand.

Indessen zieht der Kuno aber

Den Bleistift Numro 5 von Faber;

Und Hinterstich, der sehr rumort,

Wird mehrfach peinlich angebohrt.

Der Kuno, seines Sieges froh,
Verläßt das Redaktionsbureau.

Ein rechter Maler, klug und fleißig,
Trägt stets 'n spitzen Bleistift bei sich.

Nach diesem beherzigenswerten Vermerke
Fahren wir fort im löblichen Werke.

Siebentes Kapitel

So ist denn also, wie das vorige
Ereignis lehrt, die Welthistorie
Wohl nicht das richtige Gebiet,
Wo Kunos Ruhm und Nutzen blüht.
Vielleicht bei näherer Bekanntschaft
Schuf die Natur ihn für die Landschaft,
Die jedem, der dazu geneigt,
Viel nette Aussichtspunkte zeigt.

Z. B. dieses Felsenstück
Gewährt ihm einen weiten Blick.

Wer kommt denn über jenen Bach?

Das ist das Fräulein von der Ach.
Vermögend zwar, doch etwas ältlich,
Halb geistlich schon und halb noch weltlich,
Lustwandelt sie mit Seelenruh
Und ihrem Spitz dem Kloster zu.

Zwei Hunde kommen angehüpft,
Die man durch eine Schnur verknüpft.

Das gute Fräulein wird umschnürt.

Der Spitz, gar ängstlich, retiriert,

Der Spitz enteilt, die Hunde nach;

Mit ihnen Fräulein von der Ach.

Der Kuno springt von seinem Steine.

Ein Messerschnitt zertrennt die Leine.

Der Kuno zeigt sich höchst galant.

Das Fräulein fragt, eh sie verschwand:
»Darf man Ihr Atelier nicht sehn?« –

»Holzgasse 5.« – »Ich danke schön!« –

Vielleicht, daß diese gute Tat
Recht angenehme Folgen hat!

Nach diesem hoffnungsvollen Vermerke
Fahren wir fort im löblichen Werke.

Achtes Kapitel

Sie blieb nicht aus. Sie kam zu ihm.
Hold lächelnd sprach sie und intim:
»Mein werter Freund! Seit längst erfüllt
Mich schon der Wunsch, ein lieblich Bild
Zu stiften in die Burgkapelle,
Was ich bei Ihnen nun bestelle.
So legendarisch irgendwie.
Vorläufig dies für Ihre Müh!«

Mit sanftem Druck legt sie in seine
Entzückte Hand zwei größre Scheine. –

Der Kuno, fremd in der Legende,
Verwendet sich zu diesem Ende
An einen grundgelehrten Greis,
Der folgende Geschichte weiß:

Der kühne Ritter und der greuliche Lindwurm

Es kroch der alte Drache
Aus seinem Felsgemache
Mit grausigem Randal.
All' Jahr ein Mägdlein wollt' er,
Sonst grollt er und radollt er,
Fraß alles ratzekahl.

Was kommt da aus dem Tore
In schwarzem Trauerflore
Für eine Prozession?
Die Königstochter Irme
Bringt man dem Lindgewürme;
Das Scheusal wartet schon.

Hurra! Wohl aus dem Holze
Ein Ritter keck und stolze
Sprengt her wie Wettersturm.
Er sticht dem Untier schnelle
Durch seine harte Pelle;
Tot liegt und schlapp der Wurm.

Da sprach der König freudig:
»Wohlan, Herr Ritter schneidig,
Setzt Euch bei uns zur Ruh.
Ich geb Euch sporenstreiches
Die Hälfte meines Reiches,
Mein Töchterlein dazu!«

»Mau, mau!« so rief erschrocken
Mit aufgesträubten Locken
Der Ritter stolz und keck.
»Ich hatte schon mal eine,

Die sitzt mir noch im Beine!
Ade!« und ritt ums Eck.

O altes blaues Wunder!
Da han wir doch jetzunder
Mehr Herz im Kamisol.
Wir ziehen unsre Kappe
Vor solchem Schwiegerpappe
Und sprechen: Ei jawohl!

Der Stoff ist Kuno sehr willkommen,
Die zweite Hälfte ausgenommen,
Um ihn mit Kohle zu skizzieren
Und dann in Farben auszuführen. –

Gar oft erfreut das Fräulein sich
An Kunos kühnem Kohlenstrich,
Obgleich ihr eigentlich nicht klar,
Wie auch dem Künstler, was es war.
Wie's scheint, will ihm vor allen Dingen
Das Bild der Jungfrau nicht gelingen.

»Nur schwach, Natur, wirst du verstanden« –
Seufzt er – »wenn kein Modell vorhanden!«

»Kann ich nicht dienen?« lispelt sie.
»Schön!« – rief er – »Mittwoch in der Früh!«

Als nun die Abendglocke schlug,
Zieht ihn des Herzens süßer Zug
Zum Schimmelwirt, wie ehedem;
Und Susel macht sich angenehm.
Denn alte Treu, sofern es nur
Rentabel ist, kommt gern retour.

Ja, dies Verhältnis hier gedieh
Zu ungeahnter Harmonie. –

Mit zween Herrn ist schlecht zu kramen;
Noch schlechter, fürcht ich, mit zwo Damen.

Nach diesem mit Zittern gemachten Vermerke
Fahren wir fort im löblichen Werke.

Neuntes Kapitel

Es war im schönen Karneval,
Wo, wie auch sonst und überall,
Der Mensch mit ungemeiner List
Zu scheinen sucht, was er nicht ist.

Dem Kuno scheint zu diesem Feste
Ein ritterlich Gewand das beste.

Schön Suschen aber schwebt dahin
Als holdnaive Schäferin.

Schon schwingt das Bein, das graziöse,
Sich nach harmonischem Getöse

Bei staubverklärtem Lichterglanze
Im angenehmsten Wirbeltanze. –

Doch ach! die schöne Nacht verrinnt.
Der Morgen kommt; kühl weht der Wind.

Zwei Menschen wandeln durch den Schnee
Vereint in Kunos Atelier.

Und hier besiegeln diese zwei

Sich dauerhafte Lieb und Treu. –

Hoch ist der Liebe süßer Traum
Erhaben über Zeit und Raum. –
Der Kuno, davon auch betäubt,
Vergaß, daß man heut Mittwoch schreibt. –
Es rauscht etwas im Vorgemach.
O weh! Das Fräulein von der Ach!

»Herzallerliebster Schatz, allons!

Verbirg dich hinter dem Karton!«

»Willkommen, schönste Gönnerin!

Hier, bitte, treten Sie mal hin!«

Begonnen wird das Konterfei.

Der Spitz schaut hinter die Stafflei.

Der Künstler macht sein Sach genau.

Der Spitz, bedenklich, macht wau wau!

Entrüstet aber wird der Spitz
Infolge eines Seitentritts.

Die Haare sträuben sich dem Spitze.

Die Staffel schwankt. Aus rutscht die Stütze;
Und mit Gerassel wird enthüllt

Der Schäferin verschämtes Bild.

Nach dieser Krisis, wie ich bemerke,
Geht es zu End mit dem löblichen Werke.

Schluß

Hartnäckig weiter fließt die Zeit;
Die Zukunft wird Vergangenheit.
Von einem großen Reservoir
Ins andre rieselt Jahr um Jahr;
Und aus den Fluten taucht empor
Der Menschen buntgemischtes Korps.
Sie plätschern, traurig oder munter,
'n bissel 'rum, dann gehen's unter
Und werden, ziemlich abgekühlt,
Für längre Zeit hinweggespült. –

Wie sorglich blickt das Aug' umher!
Wie freut man sich, wenn der und der,
Noch nicht versunken oder matt,
Den Kopf vergnügt heroben hat.

Der alte Schimmelwirt ist tot.

Ein neuer trägt das Reichskleinod.

Derselbe hat, wie seine Pflicht,
Dies Inserat veröffentlicht:

Kund sei es dem hohen Publiko,
Daß meine Frau Suse, des bin ich froh,
Hinwiederum eines Knäbleins genesen,
Als welches bis dato das fünfte gewesen.
Viel Gutes bringet der Jahre Wechsel
Dem Schimmelwirte – Kuno Klecksel. –

So tut die vielgeschmähte Zeit
Doch mancherlei, was uns erfreut;
Und, was das Beste, sie vereinigt
Selbst Leute, die sich einst gepeinigt. –

Das Fräulein freilich, mit erboster
Entsagung, ging vorlängst ins Kloster.
Doch Bötel, wenn er in den Ferien
Die Stadt besucht und Angehör'gen,
Und Meister Quast, der allemal
Von hier entnimmt sein Material,
Wie auch der vielgewandte Gnatzel,
(Jetzt schon bedeckt mit einer Atzel)
Ja, selbst der Dr. Hinterstich,
Dem alter Groll nicht hinderlich,
Sie alle trinken unbeirrt
Ihr Abendbier beim Schimmelwirt. –

Oft sprach dann Bötel mit Behagen:
»Herr Schimmelwirt, ich kann wohl sagen:

Wär nicht die rechte Bildung da,
Wo wären wir? Jajajaja!!« –

Nach diesem von Bötel gemachten Vermerk
Schließen wir freudig das löbliche Werk.

Kritik des Herzens

Es wohnen die hohen Gedanken
In einem hohen Haus.
Ich klopfte, doch immer hieß es:
Die Herrschaft fuhr eben aus!

Nun klopf ich ganz bescheiden
Bei kleineren Leuten an.
Ein Stückel Brot, ein Groschen
Ernähren auch ihren Mann.

*

Sei ein braver Biedermann,
Fange tüchtig an zu loben!
Und du wirst von uns sodann
Gerne mit emporgehoben.

Wie, du ziehst ein schiefes Maul?
Willst nicht, daß dich andre adeln?
Na, denn sei mir nur nicht faul
Und verlege dich aufs Tadeln.

Gelt, das ist ein Hochgenuß,
Schwebst du so mit Wohlgefallen
Als ein selger Kritikus
Hocherhaben über allen.

*

Es sitzt ein Vogel auf dem Leim,
Er flattert sehr und kann nicht heim.
Ein schwarzer Kater schleicht herzu,
Die Krallen scharf, die Augen gluh.
Am Baum hinauf und immer höher
Kommt er dem armen Vogel näher.

Der Vogel denkt: Weil das so ist
Und weil mich doch der Kater frißt,
So will ich keine Zeit verlieren,
Will noch ein wenig quinquilieren
Und lustig pfeifen wie zuvor.
Der Vogel, scheint mir, hat Humor.

*

Ich kam in diese Welt herein,
Mich baß zu amüsieren,
Ich wollte gern was Rechtes sein
Und mußte mich immer genieren.
Oft war ich hoffnungsvoll und froh,
Und später kam es doch nicht so.

Nun lauf ich manchen Donnerstag
Hienieden schon herummer,
Wie ich mich drehn und wenden mag,
's ist immer der alte Kummer.
Bald klopft vor Schmerz und bald vor Lust
Das rote Ding in meiner Brust.

*

Der Hausknecht in dem »Weidenbusch«
Zu Frankfurt an dem Main,
Der war Poet, doch immer kurz,
Denn wenig fiel ihm ein.

Ja, sprach er, Freund, wir leben jetzt
In der Depeschenzeit,
Und Schiller, käm er heut zurück,
Wär auch nicht mehr so breit.

Die Selbstkritik hat viel für sich.
Gesetzt den Fall, ich tadle mich,
So hab ich erstens den Gewinn,
Daß ich so hübsch bescheiden bin;
Zum zweiten denken sich die Leut,
Der Mann ist lauter Redlichkeit;
Auch schnapp ich drittens diesen Bissen
Vorweg den andern Kritiküssen;
Und viertens hoff ich außerdem
Auf Widerspruch, der mir genehm.
So kommt es denn zuletzt heraus,
Daß ich ein ganz famoses Haus.

*

Es kam ein Lump mir in die Quer
Und hielt den alten Felbel her.
Obschon er noch gesund und stark,
Warf ich ihm dennoch eine Mark
Recht freundlich in den Hut hinein.
Der Kerl schien Philosoph zu sein.
Er sprach mit ernstem Bocksgesicht:
Mein Herr, Sie sehn, ich danke nicht.
Das Danken bin ich nicht gewohnt.
Ich nehme an, Sie sind gescheit
Und fühlen sich genug belohnt
Durch Ihre Eitelkeit.

*

Die Rose sprach zum Mägdelein:
Ich muß dir ewig dankbar sein,
Daß du mich an den Busen drückst
Und mich mit deiner Huld beglückst.

Das Mägdlein sprach: O Röslein mein,
Bild dir nur nicht zuviel drauf ein,
Daß du mir Aug und Herz entzückst.
Ich liebe dich, weil du mich schmückst.

*

Man wünschte sich herzlich gute Nacht;
Die Tante war schrecklich müde;
Bald sind die Lichter ausgemacht,
Und alles ist Ruh und Friede.

Im ganzen Haus sind nur noch zween,
Die keine Ruhe finden,
Das ist der gute Vetter Eugen
Mit seiner Base Lucinden.

Sie wachten zusammen bis in der Früh,
Sie herzten sich und küßten.
Des Morgens beim Frühstück taten sie,
Als ob sie von nichts was wüßten.

*

Mein Freund, an einem Sonntagmorgen,
Tät sich ein hübsches Rößlein borgen.
Mit frischem Hemd und frischem Mute,
In blanken Stiefeln, blankem Hute,
Die Haltung stramm und stramm die Hose,
Am Busen eine junge Rose,
So reitet er durch die Alleen,
Wie ein Adonis anzusehen.

Die Reiter machen viel Vergnügen,
Wenn sie ihr stolzes Roß bestiegen.

Nun kommt da unter sanftem Knarren
Ein milchbeladner Eselskarren.
Das Rößlein, welches sehr erschrocken,
Fängt an zu trappeln und zu bocken,
Und, hopp, das war ein Satz ein weiter!
Dort rennt das Roß, hier liegt der Reiter,
Entfernt von seinem hohen Sitze,
Platt auf dem Bauche in der Pfütze.

Die Reiter machen viel Vergnügen,
Besonders, wenn sie drunten liegen.

*

Du fragtest mich früher nach mancherlei.
Ich sagte dir alles frank und frei.
Du fragtest, wann ich zu reisen gedächte,
Welch ein Geschäft ich machen möchte.
Ich sagte dir offen: dann und dann;
Ich gab dir meine Pläne an.

Oft hat die Reise mir nicht gepaßt;
Dann nanntest du mich 'n Quirlequast.
Oft ging's mit dem Geschäfte krumm;
Dann wußtest du längst, es wäre dumm.
Oft kamst du mir auch mit List zuvor;
Dann schien ich mir selber ein rechter Tor.

Nun hab ich, weil mich dieses gequält,
Mir einen hübschen Ausweg erwählt.
Ich rede, wenn ich reden soll,
Und lüge dir die Jacke voll.

*

Kennt der Kerl denn keine Gnade?
Soll er uns mit seiner Suade,
Durch sein breites Explizieren,
Schwadronieren, Disputieren,
Soll er uns denn stets genieren,
Dieser säuselnde Philister,
Beim Genuß des edlen Weins?

Pump ihn an, und plötzlich ist er
Kurz und bündig wie Glock Eins.

*

Mich wurmt es, wenn ich nur dran denke. –
Es saß zu München in der Schenke
Ein Protz mit dunkelroter Nase
Beim elften oder zwölften Glase.

Da schlich sich kümmerlich heran
Ein armer alter Bettelmann,
Zog vor dem Protzen seinen Hut
Und fleht: Gnä Herr, ach sein S' so gut!

Der Protz jedoch, fuchsteufelswild,
Statt was zu geben, flucht und schilt:
Gehst raus, du alter Lump, du schlechter!
Nix möcht'er als grad saufen möcht'er!

*

Ich hab von einem Vater gelesen;
Die Tochter ist beim Theater gewesen.
Ein Schurke hat ihm das Mädchen verdorben,
So daß es im Wochenbette gestorben.

Das nahm der Vater sich tief zu Gemüte.
Und als er den Schurken zu fassen kriegte,
Verzieh er ihm nobel die ganze Geschichte.
Ich weine ob solcher Güte.

*

Laß doch das ewge Fragen,
Verehrter alter Freund.
Ich will von selbst schon sagen,
Was mir vonnöten scheint.

Du sagst vielleicht dagegen:
Man fragt doch wohl einmal.
Gewiß! Nur allerwegen
Ist mir's nicht ganz egal.

Bei deinem Fragestellen
Hat eines mich frappiert:
Du fragst so gern nach Fällen,
Wobei ich mich blamiert.

*

Vor Jahren waren wir mal entzweit
Und taten uns manches zum Torte;
Wir sagten uns beide zu jener Zeit
Viel bitterböse Worte.

Drauf haben wir uns ineinander geschickt;
Wir schlossen Frieden und haben
Die bitterbösen Worte erstickt
Und fest und tief begraben.

Jetzt ist es wirklich recht fatal,
Daß wieder ein Zwist notwendig.
O weh! die Worte von dazumal
Die werden nun wieder lebendig.

Die kommen nun erst in offnen Streit
Und fliegen auf alle Dächer;
Nun bringen wir sie in Ewigkeit
Nicht wieder in ihre Löcher.

*

Ich meine doch, so sprach er mal,
Die Welt ist recht pläsierlich.
Das dumme Geschwätz von Schmerz und Qual
Erscheint mir ganz ungebührlich.

Mit reinem kindlichen Gemüt
Genieß ich, was mir beschieden,
Und durch mein ganzes Wesen zieht
Ein himmlischer Seelenfrieden. –

Kaum hat er diesen Spruch getan,
Aujau! so schreit er kläglich.
Der alte hohle Backenzahn
Wird wieder mal unerträglich.

*

Es saßen einstens beieinand
Zwei Knaben, Fritz und Ferdinand.

Da sprach der Fritz: Nun gib mal acht,
Was ich geträumt vergangne Nacht.
Ich stieg in einen schönen Wagen,

Der Wagen war mit Gold beschlagen.
Zwei Englein spannten sich davor,
Die zogen mich zum Himmelstor.
Gleich kamst du auch und wolltest mit
Und sprangest auf den Kutschentritt,
Jedoch ein Teufel, schwarz und groß,
Der nahm dich hinten bei der Hos
Und hat dich in die Höll getragen.
Es war sehr lustig, muß ich sagen. –

So hübsch nun dieses Traumgesicht,
Dem Ferdinand gefiel es nicht.
Schlapp! schlug er Fritzen an das Ohr,
Daß er die Zippelmütz verlor.

Der Fritz, der dies verdrießlich fand,
Haut wiederum den Ferdinand;
Und jetzt entsteht ein Handgemenge,
Sehr schmerzlich und von großer Länge. –

So geht durch wesenlose Träume
Gar oft die Freundschaft aus dem Leime.

*

Er stellt sich vor sein Spiegelglas
Und arrangiert noch dies und das.
Er dreht hinaus des Bartes Spitzen,
Sieht zu, wie seine Ringe blitzen,
Probiert auch mal, wie sich das macht,
Wenn er so herzgewinnend lacht,
Übt seines Auges Zauberkraft,
Legt die Krawatte musterhaft,
Wirft einen süßen Scheideblick
Auf sein geliebtes Bild zurück,

Geht dann hinaus zur Promenade,
Umschwebt vom Dufte der Pomade,
Und ärgert sich als wie ein Stint,
Daß andre Leute eitel sind.

*

Wenn alles sitzen bliebe,
Was wir in Haß und Liebe
So voneinander schwatzen;
Wenn Lügen Haare wären,
Wir wären rauh wie Bären
Und hätten keine Glatzen.

*

Ein dicker Sack – den Bauer Bolte,
Der ihn zur Mühle tragen wollte,
Um auszuruhn, mal hingestellt
Dicht bei ein reifes Ährenfeld –
Legt sich in würdevolle Falten
Und fängt 'ne Rede an zu halten.

Ich, sprach er, bin der volle Sack.
Ihr Ähren seid nur dünnes Pack.
Ich bin's, der euch auf dieser Welt
In Einigkeit zusammenhält.
Ich bin's, der hoch vonnöten ist,
Daß euch das Federvieh nicht frißt;
Ich, dessen hohe Fassungskraft
Euch schließlich in die Mühle schafft.
Verneigt euch tief, denn ich bin Der!
Was wäret ihr, wenn ich nicht wär?

Sanft rauschen die Ähren:
Du wärst ein leerer Schlauch, wenn wir
nicht wären.

*

Wirklich, er war unentbehrlich!
Überall, wo was geschah
Zu dem Wohle der Gemeinde,
Er war tätig, er war da.

Schützenfest, Kasinobälle,
Pferderennen, Preisgericht,
Liedertafel, Spritzenprobe,
Ohne ihn da ging es nicht.

Ohne ihn war nichts zu machen,
Keine Stunde hatt er frei.
Gestern, als sie ihn begruben,
War er richtig auch dabei.

*

Sehr tadelnswert ist unser Tun,
Wir sind nicht brav und bieder. –
Gesetzt den Fall, es käme nun
Die Sündflut noch mal wieder:

Das wär ein Zappeln und Geschreck!
Wir tauchten alle unter;
Dann kröchen wir wieder aus dem Dreck
Und wären, wie sonst, recht munter.

*

Was ist die alte Mamsell Schmöle
Für eine liebe, treue Seele!

Sie spricht zu ihrer Dienerin:
Ach, Rieke, geh Sie da nicht hin!
Was will Sie da im goldnen Löben
Heut abend auf und nieder schweben?
Denn wedelt nicht bei Spiel und Tanz
Der Teufel fröhlich mit dem Schwanz?
Und überhaupt, was ist es nütz?
Sie quält sich ab, Sie kommt in Schwitz,
Sie geht hinaus, erkältet sich
Und hustet dann ganz fürchterlich.

Drum bleibe Sie bei mir nur lieber!
Und, Rieke, geh Sie mal hinüber
Und hole Sie von Kaufmann Fräse
Ein Viertel guten Schweizerkäse,
Und sei Sie aber ja ja ja
Gleich zur Minute wieder da!

So ist die gute Mamsell Schmöle
Besorgt für Riekens Heil der Seele.
Ja später noch, in stiller Nacht,
Ist sie auf diesen Zweck bedacht
Und schleicht an Riekens Kammertür
Und schaut, ob auch die Rieke hier,
Und ob sie auch in Frieden ruht
Und daß ihr ja nicht wer was tut,
Was sich nun einmal nicht gehört,
Was gottlos und beneidenswert.

*

Es wird mit Recht ein guter Braten
Gerechnet zu den guten Taten;
Und daß man ihn gehörig mache,
Ist weibliche Charaktersache.

Ein braves Mädchen braucht dazu
Mal erstens reine Seelenruh,
Daß bei Verwendung der Gewürze
Sie sich nicht hastig überstürze.

Dann, zweitens, braucht sie Sinnigkeit,
Ja, sozusagen, Innigkeit,
Damit sie alles appetitlich,
Bald so, bald so und recht gemütlich
Begießen, drehn und wenden könne,
Daß an der Sache nichts verbrenne.

In Summa braucht sie Herzensgüte,
Ein sanftes Sorgen im Gemüte,
Fast etwas Liebe insofern
Für all die hübschen, edlen Herrn,
Die diesen Braten essen sollen
Und immer gern was Gutes wollen.

Ich weiß, daß hier ein jeder spricht:
Ein böses Mädchen kann es nicht.

Drum hab ich mir auch stets gedacht
Zu Haus und anderwärts:

Wer einen guten Braten macht,
Hat auch ein gutes Herz.

*

Ihr kennt ihn doch schon manches Jahr,
Wißt, was es für ein Vogel war;
Wie er in allen Gartenräumen
Herumgeflattert auf den Bäumen;
Wie er die hübschen roten Beeren,
Die andern Leuten zugehören,
Mit seinem Schnabel angepickt
Und sich ganz lasterhaft erquickt.

Nun hat sich dieser böse Näscher,
Gardinenschleicher, Mädchenhäscher,
Der manchen Biedermann gequält,
Am Ende selber noch vermählt.
Nun legt er seine Stirn in Falten,
Fängt eine Predigt an zu halten
Und möchte uns von Tugend schwatzen.

Ei, so ein alter Schlingel! Kaum
Hat er 'nen eignen Kirschenbaum,
So schimpft er auf die Spatzen.

*

Ferne Berge seh ich glühen!
Unruhvoller Wandersinn!
Morgen will ich weiterziehen,
Weiß der Teufel, wohin?

Ja ich will mich nur bereiten,
Will – was hält mich nur zurück?
Nichts wie dumme Kleinigkeiten!
Zum Exempel, dein Blick!

*

Es ging der fromme Herr Kaplan,
Nachdem er bereits viel Gutes getan,
In stiller Betrachtung der schönen Natur
Einst zur Erholung durch die Flur.

Und als er kam an den Waldessaum,
Da rief der Kuckuck lustig vom Baum:
Wünsch guten Abend, Herr Kollege!
Der Storch dagegen, nicht weit vom Wege,
Steigt in der Wiese auf und ab
Und spricht verdrießlich: Plapperapapp!
Gäb's lauter Pfaffen lobesam,
Ich wäre längst schon flügellahm!

Man sieht, daß selbst der frömmste Mann
Nicht allen Leuten gefallen kann.

*

Ach, wie geht's dem Heilgen Vater!
Groß und schwer sind seine Lasten,
Drum, o Joseph, trag den Gulden
In Sankt Peters Sammelkasten!

So sprach im Seelentrauerton
Die Mutter zu dem frommen Sohn.

Der Joseph, nach empfangner Summe,
Eilt auch sogleich ums Eck herumme,
Bis er das Tor des Hauses fand,
Wo eines Bockes Bildnis stand,
Was man dahin gemalt mit Fleiß
Zum Zeichen, daß hier Bockverschleiß.

Allhier in einen kühlen Hof
Setzt sich der Josef hin und sof;
Und aß dazu, je nach Bedarf,
Die gute Wurst, den Radi scharf,
Bis er, was nicht gar lange währt,
Sankt Peters Gulden aufgezehrt.

Nun wird's ihm trauriglich zu Sinn
Und stille singt er vor sich hin:

Ach der Tugend schöne Werke,
Gerne möcht ich sie erwischen,
Doch ich merke, doch ich merke,
Immer kommt mir was dazwischen.

*

Es stand vor eines Hauses Tor
Ein Esel mit gespitztem Ohr,
Der käute sich sein Bündel Heu
Gedankenvoll und still entzwei. –
Nun kommen da und bleiben stehn
Der naseweisen Buben zween,
Die auch sogleich, indem sie lachen,
Verhaßte Redensarten machen,
Womit man denn bezwecken wollte,
Daß sich der Esel ärgern sollte. –

Doch dieser hocherfahrne Greis
Beschrieb nur einen halben Kreis,
Verhielt sich stumm und zeigte itzt
Die Seite, wo der Wedel sitzt.

*

Wer möchte diesen Erdenball
Noch fernerhin betreten,
Wenn wir Bewohner überall
Die Wahrheit sagen täten.

Ihr hießet uns, wir hießen euch
Spitzbuben und Halunken,
Wir sagten uns fatales Zeug
Noch eh wir uns betrunken.

Und überall im weiten Land,
Als langbewährtes Mittel,
Entsproßte aus der Menschenhand
Der treue Knotenknittel.

Da lob ich mir die Höflichkeit,
Das zierliche Betrügen.
Du weißt Bescheid, ich weiß Bescheid;
Und allen macht's Vergnügen.

*

Ich wußte, sie ist in der Küchen,
Ich bin ihr leise nachgeschlichen.
Ich wollt ihr ewge Treue schwören
Und fragen, willst du mir gehören?

Auf einmal aber stutzte ich.
Sie kramte zwischen dem Gewürze;
Dann schneuzte sie und putzte sich
Die Nase mit der Schürze.

*

Die erste alte Tante sprach:
Wir müssen nun auch dran denken,
Was wir zu ihrem Namenstag
Dem guten Sophiechen schenken.

Drauf sprach die zweite Tante kühn:
Ich schlage vor, wir entscheiden
Uns für ein Kleid in Erbsengrün,
Das mag Sophiechen nicht leiden.

Der dritten Tante war das recht:
Ja, sprach sie, mit gelben Ranken!
Ich weiß, sie ärgert sich nicht schlecht
Und muß sich auch noch bedanken.

*

Da kommt mir eben so ein Freund
Mit einem großen Zwicker.
Ei, ruft er, Freundchen, wie mir scheint,
Sie werden immer dicker.

Ja ja, man weiß oft selbst nicht wie,
So kommt man in die Jahre;
Pardon, mein Schatz, hier haben Sie
Schon eins, zwei graue Haare!

Hinaus, verdammter Kritikus,
Sonst schmeiß ich dich in Scherben.
Du Schlingel willst mir den Genuß
Der Gegenwart verderben!

*

Der alte Förster Püsterich
Der ging nach langer Pause
Mal wieder auf den Schnepfenstrich
Und brachte auch eine nach Hause.

Als er sie nun gebraten hätt,
Da tät ihn was verdreußen;
Das Tierlein roch wie sonst so nett,
Nur konnt er's nicht recht mehr beißen.

Ach ja! so seufzt er wehgemut
Und wischt sich ab die Träne,
Die Nase wär so weit noch gut,
Nur bloß, es fehlen die Zähne.

*

Kinder, lasset uns besingen,
Aber ohne allen Neid,
Onkel Kaspers rote Nase,
Die uns schon so oft erfreut.

Einst ward sie als zarte Pflanze
Ihm von der Natur geschenkt;
Fleißig hat er sie begossen,
Sie mit Wein und Schnaps getränkt.

Bald bemerkte er mit Freuden,
Daß die junge Knospe schwoll,
Bis es eine Rose wurde,
Dunkelrot und wundervoll.

Alle Rosen haben Dornen,
Diese Rose hat sie nicht,
Hat nur so ein Büschel Haare,
Welches keinen Menschen sticht.

Ihrem Kelch entströmen süße
Wohlgerüche, mit Verlaub:
Aus der wohlbekannten Dose
Schöpft sie ihren Blütenstaub.

Oft an einem frischen Morgen
Zeigt sie uns ein duftig Blau,
Und an ihrem Herzensblatte
Blinkt ein Tröpflein Perlentau.

Wenn die andern Blumen welken,
Wenn's im Winter rauh und kalt,
Dann hat diese Wunderrose
Erst die rechte Wohlgestalt.

Drum zu ihrem Preis und Ruhme
Singen wir dies schöne Lied.
Vivat Onkel Kaspers Nase,
Die zu allen Zeiten blüht!

*

Früher, da ich unerfahren
Und bescheidner war als heute,
Hatten meine höchste Achtung
Andre Leute.

Später traf ich auf der Weide
Außer mir noch mehre Kälber,
Und nun schätz ich, sozusagen,
Erst mich selber.

*

Es saß in meiner Knabenzeit
Ein Fräulein jung und frisch
Im ausgeschnittnen grünen Kleid
Mir vis-à-vis bei Tisch.

Und wie's denn so mit Kindern geht,
Sehr frömmig sind sie nie,
Ach, dacht ich oft beim Tischgebet,
Wie schön ist doch Marie!

*

Die Tante winkt, die Tante lacht:
He, Fritz, komm mal herein!
Sieh, welch ein hübsches Brüderlein
Der gute Storch in letzter Nacht
Ganz heimlich der Mama gebracht.
Ei ja, das wird dich freun!

Der Fritz, der sagte kurz und grob:
Ich hol 'n dicken Stein
Und schmeiß ihn an den Kopp!

*

Es sprach der Fritz zu dem Papa:
Was sie nur wieder hat?
Noch gestern sagte mir Mama:
Du fährst mit in die Stadt.

Ich hatte mich schon so gefreut
Und war so voll Pläsier.
Nun soll ich doch nicht mit, denn heut
Da heißt es: Fritz bleibt hier!

Der Vater saß im Sorgensitz.
Er sagte ernst und still:
Trau Langhals nicht, mein lieber Fritz,
Der hustet, wann er will!

*

Was soll ich nur von eurer Liebe glauben?
Was kriecht ihr immer so in dunkle Lauben?
Wozu das ewge Flüstern und Gemunkel?
Das scheinen höchst verdächtige Geschichten.
Und selbst die besten ehelichen Pflichten,
Von allem Tun die schönste Tätigkeit,
In Tempeln von des Priesters Hand geweiht,
Ihr hüllt sie in ein schuldbewußtes Dunkel.

*

Du willst sie nie und nie mehr wiedersehen?
Besinne dich, mein Herz, noch ist es Zeit.
Sie war so lieb. Verzeih, was auch geschehen.
Sonst nimmt dich wohl beim Wort die Ewigkeit
Und zwingt dich mit Gewalt zum Weitergehen
Ins öde Reich der Allvergessenheit.
Du rufst und rufst; vergebens sind die Worte;
Ins feste Schloß dumpfdröhnend schlägt die Pforte.

*

Ich hab in einem alten Buch gelesen
Von einem Jüngling, welcher schlimm gewesen.
Er streut sein Hab und Gut in alle Winde.
Von Lust zu Lüsten und von Sünd zu Sünde,
In tollem Drang, in schrankenlosem Streben
Spornt er sein Roß hinein ins wilde Leben,

Bis ihn ein jäher Sturz vom Felsenrand
Dahingestreckt in Sand und Sonnenbrand,
Daß Ströme Bluts aus seinem Munde dringen
Und jede Hoffnung fast erloschen ist.

Ich aber hoffe – sagt hier der Chronist –
Die Gnade leiht dem Jüngling ihre Schwingen.

Im selben Buche hab ich auch gelesen
Von einem Manne, der honett gewesen.
Es war ein Mann, den die Gemeinde ehrte,
Der so von sechs bis acht sein Schöppchen leerte,
Der aus Prinzip nie einem etwas borgte,
Der emsig nur für Frau und Kinder sorgte;
Dazu ein proprer Mann, der nie geflucht,
Der seine Kirche musterhaft besucht.
Kurzum, er hielt sein Rößlein stramm im Zügel
Und war, wie man so sagt, ein guter Christ.

Ich fürchte nur – bemerkt hier der Chronist –
Dem Biedermanne wachsen keine Flügel.

*

Zwischen diesen zwei gescheiten
Mädchen, Anna und Dorette,
Ist zu allen Tageszeiten
Doch ein ewiges Gekrette.

Noch dazu um Kleinigkeiten. –
Gestern gingen sie zu Bette,
Und sie fingen an zu streiten,
Wer die dicksten Waden hätte.

*

Es flog einmal ein muntres Fliegel
Zu einem vollen Honigtiegel.
Da tunkt es mit Zufriedenheit
Den Rüssel in die Süßigkeit.
Nachdem es dann genug geschleckt,
Hat es die Flüglein ausgereckt
Und möchte sich nach oben schwingen.
Allein das Bein im Honigseim
Sitzt fest als wie in Vogelleim.
Nun fängt das Fliegel an zu singen:
Ach lieber Himmel mach mich frei
Aus dieser süßen Sklaverei!

Ein Freund von mir, der dieses sah,
Der seufzte tief und rief: Ja ja!

*

Die Liebe war nicht geringe.
Sie wurden ordentlich blaß;
Sie sagten sich tausend Dinge
Und wußten noch immer was.

Sie mußten sich lange quälen,
Doch schließlich kam's dazu,
Daß sie sich konnten vermählen.
Jetzt haben die Seelen Ruh.

Bei eines Strumpfes Bereitung
Sitzt sie im Morgenhabit;
Er liest in der Kölnischen Zeitung
Und teilt ihr das Nötige mit.

*

Selig sind die Auserwählten,
Die sich liebten und vermählten;
Denn sie tragen hübsche Früchte.
Und so wuchert die Geschichte
Sichtbarlich von Ort zu Ort.
Doch die braven Junggesellen,
Jungfern ohne Ehestellen,
Welche ohne Leibeserben
So als Blattgewächse sterben,
Pflanzen sich durch Knollen fort.

*

Es saß ein Fuchs im Walde tief. –
Da schrieb ihm der Bauer einen Brief:

So und so, und er sollte nur kommen,
'S wär alles verziehn, was übelgenommen.
Der Hahn, die Hühner und Gänse ließen
Ihn alle zusammen auch vielmals grüßen.

Und wann ihn denn erwarten sollte
Sein guter, treuer Krischan Bolte.

Drauf schrieb der Fuchs mit Gänseblut:
Kann nicht gut.
Meine Alte mal wieder
Gekommen nieder!
Im übrigen von ganzer Seele
Dein Fuchs in der Höhle.

*

Gott ja, was gibt es doch für Narren!
Ein Bauer schneidet sich 'n Knarren
Vom trocknen Brot und kaut und kaut.
Dabei hat er hinaufgeschaut
Nach einer Wurst, die still und heiter
Im Rauche schwebt, dicht bei der Leiter.
Er denkt mit heimlichem Vergnügen:
Wenn ick man woll, ick könn di kriegen!

*

Sie stritten sich beim Wein herum,
Was das nun wieder wäre;
Das mit dem Darwin wär gar zu dumm
Und wider die menschliche Ehre.

Sie tranken manchen Humpen aus,
Sie stolperten aus den Türen,
Sie grunzten vernehmlich und kamen zu Haus
Gekrochen auf allen vieren.

*

Ach, ich fühl es! Keine Tugend
Ist so recht nach meinem Sinn;
Stets befind ich mich am wohlsten,
Wenn ich damit fertig bin.

Dahingegen so ein Laster,
Ja, das macht mir viel Pläsier;
Und ich hab die hübschen Sachen
Lieber vor als hinter mir.

*

Das Bild des Manns in nackter Jugendkraft,
So stolz in Ruhe und bewegt so edel,
Wohl ist's ein Anblick, der Bewundrung schafft;
Drum Licht herbei! Und merke dir's, o Schädel!

Jedoch ein Weib, ein unverhülltes Weib –
Da wird dir's doch ganz anders, alter Junge.
Bewundrung zieht sich durch den ganzen Leib
Und greift mit Wonneschreck an Herz und Lunge.

Und plötzlich jagt das losgelaßne Blut
Durch alle Gassen, wie die Feuerreiter.
Der ganze Kerl ist *eine* helle Glut;
Er sieht nichts mehr und tappt nur noch so weiter.

*

Ich sah dich gern im Sonnenschein,
Wenn laut die Vöglein sangen,
Wenn durch die Wangen und Lippen dein
Rosig die Strahlen drangen.

Ich sah dich auch gern im Mondenlicht
Beim Dufte der Jasminen,
Wenn mir dein freundlich Angesicht
So silberbleich erschienen.

Doch, Mädchen, gern hätt ich dich auch,
Wenn ich dich gar nicht sähe,
Und fühlte nur deines Mundes Hauch
In himmlisch warmer Nähe.

*

Wenn ich dereinst ganz alt und schwach,
Und 's ist mal ein milder Sommertag,
So hink ich wohl aus dem kleinen Haus
Bis unter den Lindenbaum hinaus.
Da setz ich mich denn im Sonnenschein
Einsam und still auf die Bank von Stein,
Denk an vergangene Zeiten zurücke
Und schreibe mit meiner alten Krücke
Und mit der alten zitternden Hand

so vor mir in den Sand.

*

Ich weiß noch, wie er in der Juppe
Als rauhbehaarte Bärenpuppe
Vor seinem vollen Humpen saß
Und hoch und heilig sich vermaß,
Nichts ginge über rechten Durst,
Und Lieb und Ehr wär gänzlich Wurst.

Darauf verging nicht lange Zeit,
Da sah ich ihn voll Seligkeit,
Gar schön gebürstet und gekämmt,
Im neuen Frack und reinen Hemd,
Aus Sankt Micheli Kirche kommen,
Allwo er sich ein Weib genommen.

Nun ist auch wohl, so wie mir scheint,
Die Zeit nicht ferne, wo er meint,
Daß so ein kleines Endchen Ehr
Im Knopfloch gar nicht übel wär.

*

Sahst du das wunderbare Bild von Brouwer?
Es zieht dich an, wie ein Magnet.
Du lächelst wohl, derweil ein Schreckensschauer
Durch deine Wirbelsäule geht.

Ein kühler Dokter öffnet einem Manne
Die Schwäre hinten im Genick;
Daneben steht ein Weib mit einer Kanne,
Vertieft in dieses Mißgeschick.

Ja, alter Freund, wir haben unsre Schwäre
Meist hinten. Und voll Seelenruh
Drückt sie ein andrer auf. Es rinnt die Zähre,
Und fremde Leute sehen zu.

*

Sie hat nichts und du desgleichen;
Dennoch wollt ihr, wie ich sehe,
Zu dem Bund der heilgen Ehe
Euch bereits die Hände reichen.

Kinder, seid ihr denn bei Sinnen?
Überlegt euch das Kapitel!
Ohne die gehörgen Mittel
Soll man keinen Krieg beginnen.

*

Denkst du dieses alte Spiel
Immer wieder aufzuführen?
Willst du denn mein Mitgefühl
Stets durch Tränen ausprobieren?

Oder möchtest du vielleicht
Mir des Tanzes Lust versalzen?
Früher hast du's oft erreicht;
Heute werd ich weiterwalzen.

*

Der alte Junge ist gottlob
Noch immer äußerst rührig;
Er läßt nicht nach, er tut als ob,
Wenn schon die Sache schwierig.

Wie wonnig trägt er Bart und Haar,
Wie blinkt der enge Stiefel.
Und bei den Damen ist er gar
Ein rechter böser Schliefel.

Beschließt er dann des Tages Lauf,
So darf er sich verpusten,
Setzt seine Zipfelkappe auf
Und muß ganz schrecklich husten.

*

Also hat es dir gefallen
Hier in dieser schönen Welt;
So daß das Vondannenwallen
Dir nicht sonderlich gefällt.

Laß dich das doch nicht verdrießen.
Wenn du wirklich willst und meinst,
Wirst du wieder aufersprießen;
Nur nicht ganz genau wie einst.

Aber, Alter, das bedenke,
Daß es hier noch manches gibt,
Zum Exempel Gicht und Ränke,
Was im ganzen unbeliebt.

*

Du warst noch so ein kleines Mädchen
Von acht, neun Jahren ungefähr,
Da fragtest du mich vertraut und wichtig:
Wo kommen die kleinen Kinder her?

Als ich nach Jahren dich besuchte,
Da warst du schon über den Fall belehrt,
Du hattest die alte vertrauliche Frage
Hübsch praktisch gelöst und aufgeklärt.

Und wieder ist die Zeit vergangen.
Hohl ist der Zahn und ernst der Sinn.
Nun kommt die zweite wichtige Frage:
Wo gehen die alten Leute hin?

Madam, ich habe mal vernommen,
Ich weiß nicht mehr so recht von wem:
Die praktische Lösung dieser Frage
Sei eigentlich recht unbequem.

*

Er war ein grundgescheiter Mann,
Sehr weise und hocherfahren;
Er trug ein graumeliertes Haar,
Dieweil er schon ziemlich bei Jahren.

Er war ein abgesagter Feind
Des Lachens und des Scherzens
Und war doch der größte Narr am Hof
Der Königin seines Herzens.

*

Hoch verehr ich ohne Frage
Dieses gute Frauenzimmer.
Seit dem segensreichen Tage,
Da ich sie zuerst erblickt,
Hat mich immer hoch entzückt
Ihre rosenfrische Jugend,
Ihre Sittsamkeit und Tugend
Und die herrlichen Talente.
Aber dennoch denk ich immer,
Daß es auch nicht schaden könnte,
Wäre sie ein bissel schlimmer.

*

Es hatt ein Müller eine Mühl
An einem Wasser kühle;
Da kamen hübscher Mädchen viel
Zu mahlen in der Mühle.

Ein armes Mädel war darunt,
Zählt sechzehn Jahre eben;
Allwo es ging, allwo es stund,
Der Müller stund daneben.

Er schenkt ein Ringlein ihr von Gold,
Daß er in allen Ehren
Sie ewig immer lieben wollt;
Da ließ sie sich betören.

Der Müller, der war falsch von Sinn:
Wenn ich mich tu vermählen,
So will ich mir als Müllerin
Wohl eine Reiche wählen.

Da 's arme Mädel das vernahm,
Wird's blaß und immer blasser
Und redt nit mehr und ging und kam
Und sprang ins tiefe Wasser. –

Der Müller kümmert sich nicht viel,
Tät Hochzeitleut bestellen
Und führt mit Sang und Saitenspiel
'ne andre zur Kapellen.

Doch als man auf die Brücke kam,
Fängt's Wasser an zu wogen
Und zischt und rauscht verwundersam
Herauf bis an den Bogen.

Die weiße Wassernixe stand
Auf schaumgekrönter Welle;
Sie hält in ihrer weißen Hand
Von Gold ein Ringlein helle.

Du Falscher, deine Zeit ist aus!
Bereite dich geschwinde!
Dich ruft hinab ins kalte Haus
Die Mutter mit dem Kinde.

*

Wärst du ein Bächlein, ich ein Bach,
So eilt ich dir geschwinde nach.
Und wenn ich dich gefunden hätt
In deinem Blumenuferbett:
Wie wollt ich mich in dich ergießen
Und ganz mit dir zusammenfließen,
Du vielgeliebtes Mädchen du!
Dann strömten wir bei Nacht und Tage
Vereint in süßem Wellenschlage
Dem Meere zu.

*

Mein kleinster Fehler ist der Neid. –
Aufrichtigkeit, Bescheidenheit,
Dienstfertigkeit und Frömmigkeit,
Obschon es herrlich schöne Gaben,
Die gönn ich allen, die sie haben.

Nur wenn ich sehe, daß der Schlechte
Das kriegt, was ich gern selber möchte;
Nur wenn ich leider in der Nähe
So viele böse Menschen sehe,
Und wenn ich dann so oft bemerke,
Wie sie durch sittenlose Werke
Den lasterhaften Leib ergötzen,
Das freilich tut mich tief verletzen.

Sonst, wie gesagt, bin ich hienieden
Gottlobunddank so recht zufrieden.

*

Strebst du nach des Himmels Freude
Und du weißt's nicht anzufassen,
Sieh nur, was die andern Leute
Mit Vergnügen liegen lassen.

Dicke Steine, altes Eisen
Und mit Sand gefüllte Säcke
Sind den meisten, welche reisen,
Ein entbehrliches Gepäcke.

Laß sie laufen, laß sie rennen;
Nimm, was bleibt, zu deinem Teile.
Nur, was sie dir herzlich gönnen,
Dient zu deinem ewgen Heile.

*

Wenn mir mal ein Malheur passiert,
Ich weiß, so bist du sehr gerührt.
Du denkst, es wäre doch fatal,
Passierte dir das auch einmal.
Doch weil das böse Schmerzensding
Zum Glück an dir vorüberging,
So ist die Sache anderseits
Für dich nicht ohne allen Reiz.
Du merkst, daß die Bedaurerei
So eine Art von Wonne sei.

*

Als er noch krause Locken trug,
War alles ihm zu dumm,
Stolziert daher und trank und schlug
Sich mit den Leuten herum.

Die hübschen Weiber schienen ihm
Ein recht beliebtes Spiel;
An Seraphim und Cherubim
Glaubt er nicht sonderlich viel.

Jetzt glaubt er, was der Pater glaubt,
Blickt nur noch niederwärts,
Hat etwas Haar am Hinterhaupt
Und ein verprömmeltes Herz.

*

Gestern war in meiner Mütze
Mir mal wieder was nicht recht;
Die Natur schien mir nichts nütze
Und der Mensch erbärmlich schlecht.

Meine Ehgemahlin hab ich
Ganz gehörig angeplärrt,
Drauf aus purem Zorn begab ich
Mich ins Symphoniekonzert.

Doch auch dies war nicht so labend,
Wie ich eigentlich gedacht,
Weil man da den ganzen Abend
Wieder mal Musik gemacht.

*

Gerne wollt ihr Gutes gönnen
Unserm Goethe, unserm Schiller,
Nur nicht Meier oder Müller,
Die noch selber lieben können.

Denn durch eure Männerleiber
Geht ein Konkurrenzgetriebe;
Sei es Ehre, sei es Liebe;
Doch dahinter stecken Weiber,

*

Wie schad, daß ich kein Pfaffe bin.
Das wäre so mein Fach.
Ich bummelte durchs Leben hin
Und dächt nicht weiter nach.

Mich plagte nicht des Grübelns Qual,
Der dumme Seelenzwist,
Ich wüßte ein für allemal,
Was an der Sache ist.

Und weil mich denn kein Teufel stört,
So schlief ich recht gesund,
Wär wohlgenährt und hochverehrt
Und würde kugelrund.

Käm dann die böse Fastenzeit,
So wär ich fest dabei,
Bis ich mich elend abkasteit
Mit Lachs und Hühnerei.

Und dich, du süßes Mägdelein,
Das gern zur Beichte geht,
Dich nähm ich dann so ganz allcin
Gehörig ins Gebet.

*

Sie war ein Blümlein hübsch und fein,
Hell aufgeblüht im Sonnenschein.
Er war ein junger Schmetterling,
Der selig an der Blume hing.

Oft kam ein Bienlein mit Gebrumm
Und nascht und säuselt da herum.
Oft kroch ein Käfer kribbelkrab
Am hübschen Blümlein auf und ab.
Ach Gott, wie das dem Schmetterling
So schmerzlich durch die Seele ging.

Doch was am meisten ihn entsetzt,
Das Allerschlimmste kam zuletzt.
Ein alter Esel fraß die ganze
Von ihm so heiß geliebte Pflanze.

*

Ich saß vergnüglich bei dem Wein
Und schenkte eben wieder ein.
Auf einmal fuhr mir in die Zeh
Ein sonderbar pikantes Weh.
Ich schob mein Glas sogleich beiseit
Und hinkte in die Einsamkeit
Und wußte, was ich nicht gewußt:
Der Schmerz ist Herr und Sklavin ist die Lust.

*

Wärst du wirklich so ein rechter
Und wahrhaftiger Asket,
So ein Welt- und Kostverächter,
Der bis an die Wurzel geht;

Dem des Goldes freundlich Blinken,
Dem die Liebe eine Last,
Der das Essen und das Trinken,
Der des Ruhmes Kränze haßt –

Das Gekratze und Gejucke,
Aller Jammer hörte auf;
Kracks! mit einem einzgen Rucke
Hemmtest du den Weltenlauf.

*

Du hast das schöne Paradies verlassen,
Tratst ein in dieses Labyrinthes Gassen,
Verlockt von lieblich winkenden Gestalten,
Die Schale dir und Kranz entgegenhalten;
Und unaufhaltsam zieht's dich weit und weiter.

Wohl ist ein leises Ahnen dein Begleiter,
Ein heimlich Graun, daß diese süßen Freuden
Dich Schritt um Schritt von deiner Heimat scheiden,
Daß Irren Sünde, Heimweh dein Gewissen;
Doch ach umsonst! Der Faden ist zerrissen.
Hohläugig faßt der Schmerz dich an und warnt,
Du willst zurück, die Seele ist umgarnt.
Vergebens steht ob deinem Haupt der Stern.
Einsam, gefangen, von der Heimat fern,
Ein Sklave, starrst du in des Stromes Lauf
Und hängst an Weiden deine Harfe auf.

Nun fährst du wohl empor, wenn so zuzeiten
Im stillen Mondeslichte durch die Saiten
Ein leises, wehmutsvolles Klagen geht
Von einem Hauch, der aus der Heimat weht.

*

Seid mir nur nicht gar zu traurig,
Daß die schöne Zeit entflieht,
Daß die Welle kühl und schaurig
Uns in ihre Wirbel zieht;

Daß des Herzens süße Regung,
Daß der Liebe Hochgenuß,
jene himmlische Bewegung,
Sich zur Ruh begeben muß.

Laßt uns lieben, singen, trinken,
Und wir pfeifen auf die Zeit;
Selbst ein leises Augenwinken
Zuckt durch alle Ewigkeit.

*

Nun, da die Frühlingsblumen wieder blühen,
In milder Luft die weißen Wolken ziehen,
Denk ich mit Wehmut deiner Lieb und Güte,
Du süßes Mädchen, das so früh verblühte.

Du liebtest nicht der Feste Lärm und Gaffen,
Erwähltest dir daheim ein stilles Schaffen,
Die Sorge und Geduld, das Dienen, Geben,
Ein innigliches Nurfürandreleben.
So teiltest du in deines Vaters Haus
Den Himmelsfrieden deiner Seele aus.

Bald aber kamen schwere, schwere Zeiten.
Wir mußten dir die Lagerstatt bereiten;
Wir sahn, wie deine lieben Wangen bleichten,
Sahn deiner Augen wundersames Leuchten;
Wir weinten in der Stille, denn wir wußten,
Daß wir nun bald auf ewig scheiden mußten.

Du klagtest nicht. Voll Milde und Erbarmen
Gedachtest du der bittren Not der Armen,
Gabst ihnen deine ganze kleine Habe
Und seufztest tief, daß so gering die Gabe.

Es war die letzte Nacht und nah das Ende;
Wir küßten dir die zarten, weißen Hände;
Du sprachst, lebt wohl, in deiner stillen Weise,
Und: oh, die schönen Blumen! riefst du leise.

Dann war's vorbei. Die großen Augensterne,
Weit, unbeweglich, starrten in die Ferne,
Indes um deine Lippen, halbgeschlossen,
Ein kindlicherntes Lächeln ausgegossen.
So lagst du da, als hättest du entzückt
Und staunend eine neue Welt erblickt.

Wo bist du nun, du süßes Kind, geblieben?
Bist du ein Bild im Denken deiner Lieben?
Hast du die weißen Schwingen ausgebreitet
Und zogst hinauf von Engelshand geleitet
Zu jener Gottesstadt im Paradiese,
Wo auf der heiligstillen Blütenwiese
Fernher in feierlichem Zug die Frommen
Anbetend zu dem Bild des Lammes kommen?

Wo du auch seist; im Herzen bleibst du mein.
Was Gutes in mir lebt, dein ist's allein.

*

Ich weiß ein Märchen hübsch und tief.
Ein Hirtenknabe lag und schlief.
Da sprang heraus aus seinem Mund
Ein Mäuslein auf den Heidegrund.

Das weiße Mäuslein lief sogleich
Nach einem Pferdeschädel bleich,
Der da schon manchen lieben Tag
In Sonnenschein und Regen lag.
Husch! ist das kleine Mäuslein drin,
Läuft hin und her und her und hin,
Besieht sich all die leeren Fächer,
Schaut listig durch die Augenlöcher
Und raschelt so die Kreuz und Quer
Im alten Pferdekopf umher. –

Auf einmal kommt 'ne alte Kuh,
Stellt sich da hin und macht Hamuh!
Das Mäuslein, welches sehr erschreckt,
Daß da auf einmal wer so blöckt,
Springt, hutschi, übern Heidegrund
Und wieder in des Knaben Mund. –

Der Knab erwacht und seufzte: Oh,
Wie war ich doch im Traum so froh!
Ich ging in einen Wald hinaus,
Da kam ich vor ein hohes Haus,
Das war ein Schloß von Marmelstein.
Ich ging in dieses Schloß hinein.
Im Schloß sah ich ein Mädchen stehn,
Das war Prinzessin Wunderschön.
Sie lächelt freundlich und bekannt,
Sie reicht mir ihre weiße Hand,
Sie spricht: Schau her, ich habe Geld,
Und mir gehört die halbe Welt;
Ich liebe dich nur ganz allein,
Du sollst mein Herr und König sein. –
Und wie ich fall in ihren Schoß,
Ratuh! kommt ein Trompetenstoß.

Und weg ist Liebchen, Schloß und alles
Infolge des Trompetenschalles.

*

O du, die mir die Liebste war,
Du schläfst nun schon so manches Jahr.
So manches Jahr, da ich allein,
Du gutes Herz, gedenk ich dein.
Gedenk ich dein, von Nacht umhüllt,
So tritt zu mir dein treues Bild.
Dein treues Bild, was ich auch tu,
Es winkt mir ab, es winkt mir zu.

Und scheint mein Wort dir gar zu kühn,
Nicht gut mein Tun,
Du hast mir einst so oft verziehn,
Verzeih auch nun.

Eduards Traum

Manche Menschen haben es leider so an sich, daß sie uns gern ihre Träume erzählen, die doch meist nichts weiter sind, als die zweifelhaften Belustigungen in der Kinder- und Bedientenstube des Gehirns, nachdem der Vater und Hausherr zu Bette gegangen. Aber »Alle Menschen, ausgenommen die Damen«, spricht der Weise, »sind mangelhaft!«

Dies möge uns ein pädagogischer Wink sein. Denn da wir insoweit alle nicht nur viele große Tugenden besitzen, sondern zugleich einige kleine Mängel, wodurch andere belästigt werden, so dürften wir vielleicht Grund haben zur Nachsicht gegen einen Mitbruder, der sich in ähnlicher Lage befindet.

Auch Freund Eduard, so gut er sonst war, hub an, wie folgt:

Die Uhr schlug zehn. Unser kleiner Emil war längst zu Bett gebracht. Elise erhob sich, gab mir einen Kuß und sprach:

»Gute Nacht, Eduard! Komm bald nach!« Jedoch erst so gegen zwölf, nachdem ich, wie gewohnt, noch behaglich grübelnd ein wenig an den Grenzen des Unfaßbaren herumgeduselt, tat ich den letzten Zug aus dem Stummel der Havanna, nahm den letzten Schluck meines Abendtrunkes zu mir, stand auf, gähnte vernehmlich, denn ich war allein, und ging gleichfalls zur Ruhe.

Eine Weile noch, als ich dies getan, starrt ich, auf der linken Seite liegend, ins Licht der Kerze. Mit dem Schlage zwölf pustete ich's aus und legte mich auf den Rücken. Vor meinem inneren Auge, wie auf einem gewimmelten Tapetengrunde, stand das Bild der Flamme, die ich soeben gelöscht hatte. Ich betrachtete sie fest und aufmerksam. Und nun, ich weiß nicht wie, passierte mir etwas Sonderbares.

Mein Geist, meine Seele, oder wie man's nennen will, kurz, so ungefähr alles, was ich im Kopfe hatte, fing an sich zusammenzuziehn. Mein intellektuelles Ich wurde kleiner und kleiner. Erst wie eine mittelgroße Kartoffel, dann wie eine Schweizerpille, dann wie ein Stecknadelkopf, dann noch kleiner und immer noch kleiner, bis es nicht mehr ging. Ich war zum Punkt geworden.

Im selben Moment erfaßte mich's, wie das geräuschvolle Sausen des Windes. Ich wurde hinausgewirbelt. Als ich mich umdrehte, sah ich in meine eigenen Naslöcher. Da saß ich nun auf der Ecke des Nachttisches und dachte über mein Schicksal nach.

Ich war nicht bloß ein Punkt, ich war ein denkender Punkt. Und rührig war ich auch. Nicht nur eins und zwei war ich, sondern ich war dort gewesen und jetzt war ich hier. Meinen Bedarf an Raum und Zeit also, macht ich selber, ganz en passant, gewissermaßen als Nebenprodukt.

Flink sprang ich auf und frei bewegt ich mich. Es war eine Bewegung nach Art der Schwebefliegen, die – witsch Rose, witsch Nelke und weg biste! – an sonnigen Sommertagen von Blume zu Blume huschen.

Zuerst mal schwebt ich nach meinem ehemaligen Körper hin. Da lag er; Augen zu, Maul offen, ein stattlicher Mann.

Dann schwebt ich über Elisen.

»Also so«, rief ich, »sieht der Vorgesetzte aus, wenn er schläft!« –

Hieraus, meine Lieben, könnt Ihr ersehn, wie sehr ich mich im Traume zu meinen Ungunsten verwandelt hatte, indem ich es wagte, so frech und leichtsinnig einen Gedanken auszusprechen, den ich im wachen und kompletten Zustande doch lieber nicht äußern möchte. –

Darauf stand ich einen Augenblick über Emils Bettchen still.

Sein kleines Händchen ruhte unter der Backe; die leere Saugflasche lag daneben.

»Ein hübscher Junge!« dachte ich. »Und ganz der Vater!« –

Ich sehe Euch an, meine Freunde! Der zustimmende Ausdruck auf Eueren lieben Gesichtern beschämt mich, und doch muß ich mir ja sagen, daß Ihr recht habt. –

Obwohl ich nun, wie erwähnt, infolge der traumhaften Isolierung meines Innern alle fünf Sinne, man möchte fast sagen, zu Hause gelassen, kam es mir doch vor, als bemerkte ich alles um mich her mit mehr als gewöhnlicher Deutlichkeit, selbst dann noch, als der Mond, der schräg durchs Fenster schien, bereits untergegangen. Es war eine Merkfähigkeit ohne viel Drum und Dran, was vielleicht manchem nicht einleuchtet.

Die Sache ist aber sehr einfach. Man muß nur noch mehr darüber nachdenken.

Um mal zu prüfen, ob ich überhaupt noch reflexfähig, flog ich vor den Spiegel.

Richtig! Da war ich! Ein feines Zappermentskerlchen von mikroskopischer Niedlichkeit!

»Wie?« rief ich, »hat man denn, nachdem man seinen alten Menschen so gut wie abgewickelt, doch noch immer was an sich? – Warrrum nicht gaarrrr!«

Hier unterbrach mich plötzlich eine Stimme mit den Worten: *Eduard schnarche nicht so!!*

Nur derjenige, welcher vielleicht mal zufällig durch ein redendes Nebelhorn in seinem Mittagsschläfchen gestört wurde, kann sich eine ungefähre Vorstellung davon machen, wie sehr dies Wort mein innerstes Wesen, man hätte meinen sollen für immer, ins Stocken brachte. Wohl drei ganze Sekunden verliefen, bis ich wieder zu mir selbst kam.

Die Sache hier paßte mir nicht. Ohne Rücksicht auf Frau und Kind beschloß ich auf Reisen zu gehn.

Telegraphisch gedankenhaft tat ich einen Seitenwitscher direkt durch die Wand, denn das war mir wie gar nichts, und befand mich sofort in einer freundlichen Gegend, im Gebiete der Zahlen, wo ein hübsches arithmetisches Städtchen lag. –

Drollig! Daß im Traume selbst Schnörkel lebendig werden! –

Der Morgen brach an. Einige unbenannte Ackerbürger vor dem Tore bearbeiteten schon zu so früher Stunde ihr Einmaleins. Diese Leutchen vermehren sich schlecht und recht, und wenn sie auch nicht viel hinter sich bringen, so wollen sie auch nicht hoch hinaus.

Mehr schon auf Rang und Stand geben die städtischen Beamten. Man sprach viel über eine gewisse Null, die schon manchem redlichen Kerl im Wege gestanden, und wenn einer befördert würde, sagten sie, der's nicht verdient hätte, dann steckte, so gewiß, wie zwei mal zwei vier ist, die alte intrigante Null dahinter.

Im Villenviertel hausen die Vornehmen, die ihren Stammbaum bis in die ältesten Abc-Bücher verfolgen können. Ein gewisser x ist der Gesuchteste von allen, doch so zurückhaltend, daß täglich wohl tausend Narren nach ihm fragen, ehe ein Weiser ihn treffen kann.

Andere sind fast zudringlich zu nennen. Zwei, denen ich auf der Promenade begegnete, stellten sich mir gleich zweimal vor. Erst der Herr a und dann der Herr b und dann der Herr b und drauf der Herr a, und dann fragten sie mit süffisanter Miene, ob das nicht ganz gleich sei, nämlich a + b = b + a?

»Mir schon!« gab ich höflich zur Antwort. Und doch wußt ich nur zu gut, daß die Sache, wenigstens in einer Beziehung, nicht richtig war.

Aber solch kleine Ungenauigkeiten aus verbindlicher Rücksicht können auch im Traume wohl mal vorkommen. –

Ich begab mich auf den Markt, wo die benannten Zahlen ihr geschäftliches Wesen treiben.

In glitschiger Eile kam mir eine Wurst im Preise von 93 ₰ entgegengelaufen: 17 Schneidergesellen, die mit gespreizten Beinen, gespreizten Scheren und gespreizten Mäulern hinter ihr her waren, faßten sie beim Zipfel. Sie hätten ihr Geld bezahlt, schrien sie, und nun wollten sie schnippschnapp dividieren. »Das geht ja nicht auf!« keuchte die Wurst, welche Angstfett schwitzte, denn die begierigen Schneider hatten sie bereits angeprickelt mit ihren Scheren; macht 34 Löcher. Jetzt kam ein rechenkundiger Schreiber dazu. Er trug eine schwefelgelbe Hose zu 45 ₰ die Elle, einen gepumpten Frack und einen unbezahlten Zylinder. Sofort stellte er eine falsche Gleichung auf und brachte dabei die Wurst auf seine Seite. Die Schneider verstanden das schlecht. Sie kürzten ihm den Schniepel, sie schnitten ihm die Knöpfe von der Hose, sie trennten die Hinternaht auf, und wär er nicht eilig, unter Zurücklassung der Wurst, in ein unendlich kleines Nebengäßchen entsprungen, sie hätten ihn richtig aufgelöst. Nun aber, als sie eben wieder die Wurst ins Auge faßten, erhub sich ein neues Geschrei. Es war die Metzgersgattin = 275 ℔ Lebendgewicht. Sie hätte kein Geld gesehen, tobte sie, und 93 ₰ gleich so nur in den rauchenden Schornstein zu schreiben, das ginge gegen ihr menschliches Defizit. Sofort, gegen die runde Summe ihres empörten Busens gerichtet, erklirrten die Scheren der beleidigten Schneider. Der Lärm war groß. Die Menge wuchs. 50 Stück gesalzene Heringe, ½ Schock Eier, 3 Dutzend Harzkäse, 1 Pulle Schnaps, ¾ ℔ Amtbutter, 6 ℔ Bauernbutter, 15 Lot Schnupftabak und zahlreiche Ditos vermehrten den Aufruhr.

Hart bedrängt von den spitzigen Scheren der Schneider, tat die Metzgerin einen Rückschritt. Sie tritt auf die ¾ ℔ Amtbutter, gleitet aus, setzt sich in die 6 ℔ Bauernbutter, zieht im Fallen 2 Lot Schnupftabak in die Nase, in jedes Loch eins, muß niesen, schlägt infolgedessen einen Purzelbaum vornüber, zerdrückt 3 Harzkäse und die Schluckpulle und trifft mit ihren zwei schwunghaften Absätzen zwei Heringen dermaßen auf die Bauchflossen, daß ihnen ihre zwei armen Seelen aus dem Leib rutschten, wie geschmiert. Plötzlich, als die Verwicklung am schwierigsten schien, zerstreut sich die Menge. Eine überwiegende Größe, der Stadtsoldat, ist hinzugekommen. Schleunig drücken sich die Heringe in ihre Tonne; die Schneider, mit den noch schnell erwischten zwei Seelen, machen sich dünne; die Käse verduften; der Schnupftabak verkrümelt sich; aber sämtliche Eier, die nun doch weniger gut rochen, als man's ihnen bei Lebzeiten allgemein zugetraut, verquirlt mit den sonst noch Verdrückten und Verunglückten, blieben zermatscht auf dem Platze; während die Metzgersfrau, die inmitten der ganzen Bescherung saß, die erschlaffte Wurst in der erhobenen Rechten schwang und in einem fort plärrte: »Es gibt keine Richtigkeit mehr in der Stadt, und das sag Ich!«, bei welcher Gelegenheit ihr die zwei Lot Schnupftabak wieder aus der Nase liefen, aus jedem Loch eins, und auch noch glücklich entwischten. Der Stadtsoldat, seiner Aufgabe völlig gewachsen, notierte sich die entseelten

Heringe, behielt die Käse, die Butter und die Glasscherben einfach im Kopfe, addierte Frau und Wurst, setzte sie in Klammern und transportierte sie auf die Stadtwaage, wo man richtig die eine zu schwer, die andere zu leicht erfand. Subtraktion war die gerichtliche Folge. Die Wurst wurde abgezogen für den Fiskus, der Rest, wegen Verleumdung der Obrigkeit, dreimal kreuzweis durchgestrichen, und zwar mit Tinte, der brave Stadtsoldat dagegen vom unendlich großen Bürgermeister noch selbigen Tages zur dritten Potenz erhoben.

Übrigens schwebten vor der Verrechnungskammer gleichzeitig noch mehrere Fälle, die ebenso prompt erledigt wurden.

Jugendliche Schiefertafelschnitzer verknurrte man einfach zur Durchwischung mit Spucke; schon ältere in Blei zur eindringlichen Radierung mit Gummi, erstmalig mit weichem, bei Wiederholung mit hartem.

Was aber die weiblichen Additionsexempel anbelangt, deren sehr viele vorgeführt wurden, so mußten sie allesamt freigesprochen werden, weil sie sämtlich ihr geistiges Alibi nachweisen konnten.

Es fanden sich hübsche Lustgärten in dieser Stadt und Obstbäume voll goldener Prozentchen, und auf und nieder an papierenen Leitern stiegen die Dividenden, und einige fielen herunter, und dann rieben sie sich die Verlustseite und hinkten traurig nach Hause.

Kummer und Elend gab's auch sonst noch genug. An allen Straßenecken hockten die gebrochenen Zahlen; arme geschwollene Nenner, die ihre kleinen schmächtigen Zählerchen auf dem Buckel trugen und mich flehentlich ansahn. Es ließ mich kühl. Ich hatte kein Geld bei mir; aber wenn auch, gegeben hätt ich doch nichts.

Ich hatte meine Natur verändert; denn daß es mir sonst da, wo die Not groß ist, auf zwei Pfennige nicht ankommt, das wißt Ihr, meine Lieben!

Es mochte so nachmittags gegen fünf Uhr sein, als ich weiterreiste und, eine unbestimmte Gegend durchstreifend, auf der Gemeindetrift anlangte, wo grad das Völklein der Punkte sein übliches Freischießen feierte. Schwarz war heute der Punkt, worauf's ankommt, und Tüpfel war Schützenkönig.

Je kleiner die Leute, je größer das Pläsier. Alles krimmelte und wimmelte durcheinander, wie fröhliche Infusorien in einer alten Regentonne.

Im Zelte ging's hoch her. Mit mückenhafter Gelenkigkeit wirbelten die »denkenden Punkte« mit ihren geliebten kleinen Ideen über den Tanzboden dahin. Auch ich engagierte eine, die schimmelte, ein simples Dorfkind, und walzte ein paarmal herum mit ihr.

Noch gewandter und windiger als wir, und das will doch was sagen, trieben die nur gedachten, die rein mathematischen Punkte ihre terpsichorischen Künste. Sie waren aber dermaßen schüchtern, daß sie immer kleiner und kleiner wurden, je mehr man sie ansah; ja, einer verschwand gänzlich, als ich ihn schärfer ins Auge faßte. –

Gelungene Burschen, diese Art Punkte! Der alte Brenneke, mein Mathematiklehrer, pflegte freilich zu sagen: »Wer sich keinen Punkt denken kann, der ist einfach zu faul dazu!« Ich hab's oft versucht seitdem. Aber just dann, wenn ich denke, ich hätt ihn, just dann hab ich gar nichts. Und überhaupt, meine Freunde! Geht's uns nicht so mit allen Dingen, denen wir gründlich zu Leibe rücken, daß sie grad dann, wenn wir sie mit dem zärtlichsten Scharfsinn erfassen möchten, sich heimtückisch zurückziehn in den Schlupfwinkel der Unbegreiflichkeit, um spurlos zu verschwinden, wie der bezauberte Hase, den der Jäger nie treffen kann? Ihr nickt; ich auch. –

Mehr behäbig, so fuhr Freund Eduard in der Erzählung seines Traumes fort, als diese gedachten Punkte zeigten sich die gemachten in Tusche und Tinte. Sie saßen still und versimpelt auf ihren Reißbrettern an der Wand herum und freuten sich, daß sie überhaupt da waren.

Die kritischen Punkte dagegen, mit ihren boshaften Gesichtern, standen natürlich jedem im Wege. Einer von ihnen, ein besonders frecher, trat einer noch hübsch jugendlichen Idee auf die Schleppe und zugleich ihrem denkenden Herrn dermaßen aufs Hühnerauge, daß ihm die Gründe stockten, sein Geschrei also losging. Da sämtliche Streit- und Ehrenpunkte, deren viele zugegen, sich dreinmischten, so gab's einen netten, aufgeweckten Skandal, der alle erfreute, welche dabeistanden. Der Kontrapunkt ließ weiterblasen. Ich wandte mich einer entfernteren Gesellschaft zu.

Es waren Atome, die eben zur Française antraten. Mit großer Sicherheit tanzten sie ihre verzwickten molekülarischen Touren durch, und als sie aufhörten und sich niedersetzten, war's allen hübsch warm geworden. Sie sind nicht so stupid, wie man sonst wohl zu glauben pflegt, sondern haben ihre interessanten und interessierten Seiten, so daß selbst so was wie ein zärtliches Verhältnis zwischen ihnen nicht selten ist.

Eine ihrer Damen kam mir bekannt vor. Wo hatt ich sie nur gesehen? Richtig! Bei Leibnizens. Die alte Monade, und ordentlich wieder jung geworden! Schon hat auch sie mich erkannt. Sie fliegt auf mich zu, sie umklammert mich mit ihren mageren Valenzen, sie preßt mir einen rotglühenden Kuß auf die Lippen und ruft schwärmerisch:

»Mein süßer Freund! Oh, laß uns ewig zusammenhaften!«

Ich verhielt mich abstoßend. Mit unglaublicher Schnelligkeit schoß ich oben durchs Zeltdach und eilte sodann, nicht ohne ängstliche Rückblicke, in die möglichste Ferne hinaus. Wie sich zeigte, nicht ganz allein.

Dicht neben mir ließ sich ein kümmerliches Hüsteln vernehmen, Es war der mathematische Punkt, den ich vorhin zu fixieren versuchte. Zu Hause, so klagte er lispelnd, brächte er's doch zu nichts. Nun wollte er mal sehn, ob dort drunten in der geometrischen Ebene für ihn nichts zu machen sei.

Da lag sie vor uns, die Horizontalebene, im Glanze der sinkenden Abendsonne. Kein Baum, kein Strauch, kein Fabrikschornstein ragte draus hervor. Alles flach, wie Judenmatzen, ja noch zehntausendmal flacher; und doch befanden wir uns am Eingang eines betriebsamen Städtchens, welches nur platt auf der Seite lag.

Das Tor, welches wir passieren mußten, hatte nur Breite, aber nicht die mindeste Höhe. Es war so niedrig, daß ich mir, obgleich ich mich bückte, doch noch die Glatze etwas abschabte, und selbst mein winziger Begleiter konnte nur eben drunter durch. Er fand noch am selben Abend eine Anstellung bei einem tüchtigen Geometer, der ihn sofort in die Reißfeder nahm, um ihn an den Ort seiner künftigen Wirksamkeit zu übertragen, wozu ich ihm besten Erfolg wünschte. Ich selber suchte, da es schon spät, eine naheliegende Herberge auf.

Hier nun trat mir zum ersten Mal in Gestalt des Herrn Oberkellners eine richtige mathematische grade Linie entgegen. Etwas Schlankeres gibt's nicht. Mir fiel dabei ein, was Peter, mein kleiner Neffe, mal sagte.

»Onkel Eduard!« sagte er. »Ein Geist muß aber recht mager sein, weil man ihn gar nicht sieht!«

Und wie lächerlich dünn so ein mathematischer Strich ist, das sah ich so recht des Nachts, als ich zu Bette gegangen. In der Kammer nebenan schliefen ihrer dreißig in einer Bettstelle, die nicht breiter war als ein Zigarrenetui, und doch blieb noch Platz übrig. Freilich, erst schalten sie sich, denn es war ein Pole dabei, der an unruhigen Träumen litt und sich viel hin und her wälzte, bis sie ihn schließlich durch zwei Punkte festlegten; dann gab er Ruh. Ich bemühte mich, seinen Namen auszusprechen: »Chrr – Chrrr – Chrrrrr –«

Im selben Augenblick ließ sich wieder die Stimme vernehmen: *Eduard schnarche nicht so!!*

Ich fuhr heftig zusammen. Aber während ich das erste Mal fast volle drei Sekunden nötig hatte, um mein inneres Gleichgewicht wiederzufinden, braucht ich diesmal kaum zwei; dann ging ich schon wieder meinen gewohnten Gedanken nach, als sei weiter nichts vorgefallen.

Vielleicht, meine Freunde, möchte nun dieser oder jener unter Euch geneigt sein, von mir zu erfahren, woher die erwähnte Stimme denn wohl eigentlich kommen konnte. Darauf erwidere ich, daß ich in der Regel vielzuviel Takt besitze, um auch nur die allergeringste Mitteilung über Dinge zu machen, die keinen andern was angehn. Entschuldigt meine Entschiedenheit! –

Am nächsten Morgen besah ich mir die Stadt. Selbstverständlich muß jedermann platt auf dem Bauche rutschen. Vornehme und Geringe sind auf den ersten Blick nur schwer zu unterscheiden, und wer genötigt ist, höflich zu sein, muß riesig aufpassen; denn da nichts Höhe hat, also gar keinen Schatten wirft, so erscheint vorläufig jeder, auch der quadratisch Gehaltvollste und Eckigste, der einem begegnet, als gewöhnlicher Strich.

Natürlich zieht der Mangel an Schatten auch den Mangel an Photographen nach sich, und so müssen denn die Leute den schönen Zimmerschmuck entbehren, wofür wir unserseits diesen Künstlern so dankbar sind. Aber man behilft sich, so gut es geht. Man läßt seinen Schreiner kommen; man läßt sich ausmessen; er macht einen kleinen proportionalen Abriß in das Album des betreffenden Freundes, notiert den wirklichen Quadratinhalt nebst Jahr und Datum in die Mitte der werten Figur, und das Andenken ist fertig.

Was nun das ewige Rutschen betrifft, so wollte mir ein Eingeborener, der durchaus treuherzig und vollkommen glaubwürdig aussah, die feste Versicherung geben, daß es, obwohl hier jeder von Haus aus unendlich dünn sei, doch einige Briefträger gäbe, die sich mit der Zeit so abgeschabt hätten, daß sie auf ihre alten Tage nur halb so dünn wären wie möglich.

Dies schien mir bemerkenswert wegen der Kongruenz. Denn erwies sich die Angabe als richtig, so war eine tatsächliche Dekkung ganz gleicher Figuren, welche mir bei den äußerst gedrückten Ortsverhältnissen unmöglich schien, doch unter Umständen nicht ausgeschlossen. Ich erkundigte mich nach dem Kongruenzamte, eine Einrichtung, die ungefähr unserm Standesamte entsprechen würde. Da mir niemand Auskunft zu geben vermochte, wandte ich mich direkt an den Magistrat.

»Solche Dummheiten«, hieß es, »machen wir hier nicht. Die das wollen, müssen sich gefälligst in die dritte Dimension bemühn, und die Symmetrischen erst recht!«

Ihr altes Ratszimmer war ungemein dumpf und niedrig. Daher empfahl ich mich umgehends mit einem lustigen Vertikalsprunge nach oben durch den Plafond und atmete auf im dreidimensionalen Raume, wo stereometrische Freiheit herrschte, wo der Kongruenz räumlich gleichgestimmter Paare keine Ehehindernisse im Wege standen.

So dacht ich. Aber Ausnahmen, wie überall, gab's leider auch hier.

Grad kamen zwei sphärische Dreiecke, eins genau das geliebte Spiegelbild des andern, sehr gerötet vom Kongruenzamte, wo man sie abgewiesen. Sie trug ein schön krumm gebügeltes Sacktuch von unendlich durchsichtigem Batist und weinte die landesüblichen Tränen, gleich niedlichen Seifenbläschen, die der Zephir entführte. Ein Paar unendlich feiner Handschuhe, ein linker und ein rechter, er Brautführer, sie Kranzjungfer, versuchten ihr Trost zu spenden, indem sie sagten: Ihnen ginge es ja auch so, und wenn alle Stricke rissen, dann könnte man ja immer noch durchbrennen in die vierte Dimension, wo nichts mehr unmöglich sei.

»Ach!« schluchzte die Braut. »Wer weiß, wie es da aussieht!« Und ihre Tränen säuselten weiter.

Fürwahr, ein herbes Schicksal! Aber, meine Freunde, seien wir nicht zu voreilig mit unserem sonst löblichen Mitgefühl. Es war alles nur Getus.

Nämlich die Bewohner dieses unwesentlichen Landes sind hohl. Es scheint Sonne und Mond hindurch, und wer hinter ihnen steht, der kann ihnen mit Leichtigkeit die Knöpfe vorn an der Weste zählen. Einer durchschaut den andern; und doch reden diese Leute, die sich durch und durch kennen, die nicht so viel Eingeweide haben wie ein ausgepustetes Sperlingsei, von dem edlen Drange ihres Inneren und sagen sich darüber die schönsten Flattusen. Ja, einer war da, der wollte behaupten, er hätte einen fünf Pfund schweren Gallenstein und verfluchte sein Dasein und schnitt Gesichter, und seine Familie sprang nur so, wenn er pfiff, und tat ganz so, als wär's so, und seine Nachbarn machten ihm Kondolenzvisiten unter kläglichem Mienenspiel.

Wie heuchlerisch man hier ist und zugleich wie wesenlos, das bewiesen so recht zwei alte Freundinnen, die sich in den Tod nicht ausstehn konnten, und nun, nach langer Trennung, sich wieder begegneten. Sie küßten sich so herzlich und durchdringend, daß ihnen die gegenseitigen Nasen eine Elle lang hinten aus den gegenseitigen Chignons hervorstanden.

Schwere gab's hier nicht. Man bewegt sich am Boden oder in der Luft, gleichviel, mit einer unabhängigen Leichtigkeit, wie sie nur bei solch rein förmlichen Blasengestalten und Windbeuteln sich denken läßt.

Ich sah einen neckischen alten Geißbock, der turmhohe Sätze machte. Und was die Flöhe sind, wer da nicht aufpaßt beim ersten Griff, weg hupfen's bis in die Wolken.

Zwar hupfen konnt ich auch, wie nur einer. Aber mit mir, war das was anderes. Ich hatte Fond. –

Wie Ihr seht, meine Lieben; eine Ausrede zugunsten der eigenen Vortrefflichkeit stellt selbst im Traume sich ein! –

Übrigens hatt ich die leeren Gestalten dieser eingebildeten Welt jetzt satt gekriegt und beeilte mich wegzukommen. Am Ausgange wurde ich mit einer fetten Baßstimme von einem Unbekannten angeredet, der so rund und dick war, daß er die ganze Türe versperrte.

Er entpuppte sich als mein ehemaliger Reisebegleiter, das mathematische Pünktchen.

Durch eine gewandte Drehung in der Ebene hatte er's dort bald zu einem umfangreichen Kreise gebracht, war darauf in den dreidimensionalen Raum ausgewandert, hatte sich hier durch ähnliche Umtriebe zur wohlbeleibten Kugel entwickelt und wollte sich nun mit Hilfe eines geeigneten Mediums materialisieren lassen, um dann später, ein Streber wie er war, als Globus an die Realschule zu gehn.

Aus dem nichtssagenden Kerlchen war ein richtiger Protz geworden, der mich behaglich wohltuend zu behandeln gedachte. Da ich mir das aber von einem bloß aufgeblasenen Punkte, denn das sind alle seinesgleichen, nicht gefallen lassen wollte, so tat ich, ohne mich weiter zu verabschieden, einen eleganten Seitensatz durch die Bretterwand, hinter welcher, so meint ich, die vollständige Welt lag. Es war aber nur Stückwerk.

Zunächst geriet ich in ein Kommunalwesen von lauter Köpfen, die sich auf der Höhe eines Berges in einem altdeutschen Gehölze eingenistet hatten. Hinter jedem Ohre besitzt jeder einen Flügel; eine zweckentsprechende Umbildung des bekannten Muskels, den wir Kopfnicker nennen. An den Sümpfen herum sitzen die Wasserköpfe, blinzeln träge mit den Augen und lassen sich die Sonne ins Maul scheinen. Querköpfe, welche die Eitelkeit ihrer Meinung besitzen, streiten und stoßen sich in der Luft herum; fast jeder hat Beulen grün und blau. Sie leben von Wind. Was sie sonst brauchen, verdienen sie sich als Redner und Bänkelsänger. Zum Ohrfeigen, zum Hinausschmeißen, zum Balbieren und Frisieren mieten sie sich die geeigneten Hände; ebenso, um sich die Nase putzen zu lassen, was besonders kostspielig, wenn einer den Schnupfen hat. Hosenstoffe gebrauchen sie nicht. Manche sind niedlich. Ihrer zwei, ein Männchen und ein Weibchen, saßen zärtlich zusammengeschmiegt in einem Baum voll grüner Notenblätter und sangen das schöne Duett: »Du hast mein Herz und ich das deine«, und wie's weiter geht.

Etwas tiefer am Berg hinab, in Hütten und Krambuden, leben, weben und schweben die Hände apart für sich. Sie sind teils Schreiber und Schrupper und sonst dergleichen für die Köpfe weiter oben, teils Strumpfwirker und Streichmusikanten und sonst dergleichen für die Füße, die unten im Tale hausen. Ihre Geschicklichkeit ist mitunter nicht unerheblich. Ein Barbier, der mit wenig Seife viel Schaum schlagen konnte, war kürzlich unter die Literaten gegangen. Er hatte großen Erfolg, wie ich hörte, trug bereits drei Brillantringe an jedem Finger und wollte sich demnächst mit einer Köchin verheiraten, die ohne Schwierigkeit ein einziges Eiweiß zu mehr als fünfzig Schaumklößen aufbauschte, also auch noch was leisten konnte. –

Übrigens muß ich sagen, meine Freunde, prätendierten eigentlich diese sich immerhin nicht als ganz unreell aufspielenden Extremitäten ein recht unverschämt unbefangenes Dasein. Das lästige Gummibändel z.B., womit sonst die Frackschöße aller Dinge hienieden, kein Mensch weiß wie, am Kernpunkt der Erde haften, schienen sie gänzlich zu ignorieren, während die Köpfe wenigstens Flügel hatten. Und doch fiel mir's nicht auf in meinem Traume, und doch hielt ich mich für sehr scharfsichtig, und doch war ich's oft gar nicht; genau so, wie's uns geht, wenn wir wachen.

Eben, als ich mich von hier entfernt hatte, umwölkte sich der Himmel. Es donnerte und blitzte. Es war eins jener schrecklichen Unwetter, die dem Wanderer, dem Mitgliede des Alpenklubs, der auf steilen Pfaden ohne Führer herniedersteigt, so häufig verderblich werden. Meiner Wenigkeit dagegen war es sogar ganz lieb, als mich nun plötzlich ein heftiger Windstoß ins Tal entführte, wo das heiterste Wetter herrschte.

Auf einem sanft ansteigenden Wiesenflecke, umgeben von zopfigen Hecken, tanzten die zierlichsten Füße in rosa Trikot ein anmutiges Kunstballett. Einige fette Hämmel, wie auch viele kleine Meerschweinchen, sahen zu, und zwei größere Zunftverbände von wohlgeleiteten Händen sorgten für Musik und ergiebigen Beifall.

Noch ehe das Stück zu Ende, verließ ich das Gebiet der apartem Körperteile vermittelst eines parabolischen Sprunges über die benachbarten Berge in die gewöhnliche Welt hinein, wo jeder seine gesunden Gliedmaßen beieinander hat.

Wohl zehn Meter hoch schwebt ich nun über einem regelmäßig karierten Ackergefilde, in dessen Mitte ein freundliches Dörfchen lag.

Es war Sommer. Schon zog hie und da auf sanft bewegter Luft ein silbernes Fädchen dahin. Auf eins derselben ließ ich mich nieder, neben einer kleinen verschrumpften Spinne, die, kaum daß sie mich bemerkt hatte, sich auch schon gedrungen fühlte, mich mit der Geschichte ihres Lebens zu beglücken.

Einst, so fing sie an zu wehmüteln, vor circa zweitausend Jahren, da sei sie eine ungewöhnlich reizende Walküre gewesen, hochsausend auf stolzem Roß und beliebt bei den Mannsleuten. Dann, als sie alt geworden, habe sich keiner mehr um sie bekümmert, außer der Teufel. So wäre sie zur Hexe geworden und wär durch die Lüfte geritten auf dem Besenstiel, in böswilliger Absicht. Aber selbst der Teufel, nachdem sie ihren tausendsten Geburtstag gefeiert, sei ihr nicht treu geblieben. Da habe sie den Salbentopf hergekriegt und habe sich wirkungsvoll murmelnd in eine Spinne verwandelt und sich dann rückwärts dies Luftschiff verfertigt und segle mit gutem Winde all die Zeit her, und wenn die Leute riefen: Altweibersommer!, so sei ihr das schnuppe. Apa!

»Madam!« sprach ich. »Sie haben was durchgemacht: Reisen Sie glücklich!«

Damit sprang ich ab und setzte mich auf den vorstehenden Ast einer stattlichen Linde.

Drunten am Boden kneteten zwei Bauernknaben schöne Klöße aus Lehm, den sie selber befeuchtet hatten. Ein Zwist brach aus. Sie klatschten sich ihr Backwerk auf die beiderseitigen Nasen, und die Töne, die sie dabei ausstießen, lauteten a! e! i! o! u!

Im Wipfel saß ein liebendes Taubenpärchen. Oben hoch drüber kreiste spähend ein Habicht. »Nurdu, nurdu!« girrte zärtlich der Täuberich. »Hihi!« kreischt der Habicht und hat ihn. In Anbetracht der soeben vernommenen Naturlaute schickte ich mich an, eine wichtige Bemerkung zu machen.

»Der Urrsprrung der Sprrraaache« – fing ich an –

Eduard schnarche nicht so!

unterbrach mich schon wieder die Stimme. Ich fuhr zusammen. Doch während ich das vorige Mal fast zwei volle Sekunden nötig hatte, um meine Haltung wiederzugewinnen, braucht ich diesmal nur eine.

Als ich mich gesammelt hatte, saß ich auf der Spitze eines Grashalms am Rande eines Teiches, der inmitten eines hübschen Gehöftes lag.

Drei lebenslustige Fliegen schwärmten dicht über dem Wasser. Drei genußfrohe Fischlein erschnappten sie. Indem, so schwammen drei Enten herbei. Jedwede erfaßte ein Fischlein beim Frack, erhob den Schnabel und ließ es hinunterglitschen ins dunkle Selbst hinab. Die erste hieß Mäs, die zweite hieß Bäs, die dritte hieß Tricktracktrilljäs. Diese letztere nun, um den Grund des Wassers zu erforschen, nahm eine Stellung an, wobei sich der Kopf nach abwärts richtet.

»Guck mal!« schnatterte die Frau Mäs der Frau Bäs ins Ohr. »Was hat unsere Frau Tricktracktrilljäs für ein dickes Gesäß!«

Hätten sie ahnen können, was die nächste Zukunft unter der Schürze trug, sie hätten wohl nicht so lieblos geurteilt über die körperlichen Verhältnisse einer Freundin, welche nun bald ebenso tot sein sollte wie sie selber. Die freundliche Bauersfrau nämlich trat aus der Türe des Hauses, lockte unter dem Vorwande von Brotkrumen die Schnabeltiere in den Küchenraum und hackte ihnen die Köpfe ab.

Sie hackte sich aber auch, weil sie natürlich mal wieder zu hastig war, dabei in den Zeigefinger. Das Beil war rostig. Der Finger verdickte sich. Schon zeigten sich alle Symptome einer geschwollenen Blutwurst.

Der Dokter kam. Er wußte Bescheid. Erst schnitt er ihr den Finger ab, aber es half nicht; dann ging er höher und schnitt ihr den Ärmel ab, aber es half nicht; dann schnitt er ihr den Kopf ab, aber es half nicht; dann ging er tiefer und schnitt ihr die Trikottaille ab, und dann schnitt er ihr die wollenen Strümpfe ab, aber es half nicht; als er aber an die empfindlichen Hühneraugen kam, vernahm man einen durchdringenden Schrei, und im Umsehn war sie tot.

Der Bauer war untröstlich; denn das Honorar betrug 53 Mk. 75 ₰ Der Dokter steckte das Honorar in sein braunledernes Portemonnaie; der Bauer schluchzte. Der Dokter steckte sein braunledernes Portemonnaie in die Hosentasche; der Bauer sank auf einen geflochtenen Rohrstuhl und starrte seelenlos in die verödete Welt hinaus.

Der Dokter besaß Takt. Andante ritt er vom Hofe weg, und erst dann, als er die Landstraße erreichte, fing er scherzando zu traben an, und zwar englisch. Er wußte noch nicht, daß seine Hosentasche im stillen ein Loch hatte.

Inzwischen begab sich der betrübte Witwer in den Schweinestall und besah seine Ferkeln. Es waren ihrer dreizehn, à Stück 22 Mk. Seine Tränen flossen langsamer. Als er wieder ins Freie trat, war er ein neuer Mensch geworden.

Ich flog ins Nachbarhaus.

Der Landmann, welcher hier wohnte, war ein Vetter des vorigen. Er hackte Holz entzwei, während seine Gemahlin sich mal eben entfernt hatte, um im nahen Gebüsch für die Meckerziege ein schmackhaftes Futter zu pflücken. »Oh, meine Mamme ist weg!« schrie das Kind und kam aus dem Hause gelaufen und weinte sehr heftig. »Da weinst du über!« sprach der besonnene Vater. »Mach dich doch nicht lächerlich!« –

Dieser Vater, so scheint's, hatte bereits den Gipfel der ehelichen Zärtlichkeit erklommen, wo die Schneeregion anfängt.

Ich flog ins Nachbarhaus.

Der Landmann, welcher hier wohnte, war ein Onkel des vorigen. Soeben, mit dem Stabe in der Hand, von einem erfolgreichen Besuche der Schenke zurückkehrend, betrat er das Zimmer, wo ihn seine zahlreiche Familie voller Spannung erwartete. Er warf seinen Hut auf die Erde und rief: »Wer ihn aufhebt, kriegt Hiebe, wer ihn liegen läßt, auch!« Er war ein höchst zuverlässiger Mann. Er hielt sein Wort. –

Ach, meine Lieben! Wie oft im Leben wirft uns das Schicksal seinen tragischen Hut vor die Füße, und wir mögen tun, was wir wollen, Verdruß gibt's doch. –

Ich flog ins Nachbarhaus.

Im Kuhstall, den er soeben gereinigt, steht ein denkender Greis. Er schließt die Luke. »Merkwürdig!« sprach er und stützte das Kinn auf die Mistgabel. »Merkwürdig! Wenn man die Klappe zumacht, daß es dann dunkel wird!« Und so stand er noch lange und dachte und dachte; als ob es nicht schon Sorgen genug gäbe in der Welt, auch ohne das. Und es war sehr düster in diesem Kuhstalle.

Ich flog ins Nachbarhaus.

Die hübsche stramme Bäuerin hat ihr hübsches strammes Bübchen auf dem Schoße liegen, sein Gesichtchen nach unten gekehrt. Sie lüftet ihm das Hemdchen; sie reibt ihm den Rücken; er strampelt mit den Beinen vor lauter Behagen. »Oh, tu tu tu mit tein ticken tinketen Popösichen!« so ruft sie in mütterlich-kindischem Stoppeldeutsch; und während sie dies tut, gibt sie dem Herzensbengel bei jedem Worte einen klatschenden Schmatz auf die rosigen Hinterbäckchen. –

Ach, meine Freunde! Wie viel Liebes und Gutes passiert uns doch in der Jugend, worauf wir im Alter nicht mehr mit Sicherheit rechnen dürfen! –

Ich flog ins Nachbarhaus.

Ein zehnjähriger Junge kommt grad aus der Schule, und noch ganz rot vor Begeisterung ruft er: »Höre mal, Vater! Unser Schulmeister hat aber einen ganz verflixten Stock. Hier vorne schlägt er hin und da hinten kneift es!!«

Dieser heimtückische Stock stammte vermutlich aus der nämlichen Hecke, wo die abscheulichen Menschen ihre ironischen Gerten schneiden, die auch immer so hintenherum kommen. Ein treuherziger Mensch tut so was nicht. –

Ich flog – doch der Abwechselung wegen will ich lieber mal sagen: ich schwirrte.

Ich schwirrte ins Nachbarhaus.

Im wöhnlichen Stübchen voll sumsender Fliegen steht das tätige Mütterlein. Sie sucht Fliegenbeine aus der Butter, die sie demnächst zu kneten gedenkt; denn Reinlichkeit ist die Zierde der Hausfrau. Aber ihr Stolz ist die Klugheit. Mit mildem Kartoffelbrei füllt sie die Butterwälze, denn morgen ist Markttag in der Stadt.

Ich schwirrte ins Nachbarhaus.

Des Bauern Töchterlein sitzt am Klavier. Es klopft. »Sind der Herr Vater zu Hause?« so fragte der Hammelkäufer. »Bedaure sehr!« erwidert sie zierlich. »Papa fährt Mist!« –

Ein erfreuliches Beispiel frisch aufblühender Bildungsverhältnisse, die noch etwas von dem kräftigen Dufte des humushaltigen Erdreichs an sich haben, worauf sie gewachsen sind. –

Ich schwirrte ins Nachbarhaus:

Ein altes ehrwürdiges – Gebäude. Der Besitzer schien etwas zerstreut zu sein. Er hält eine lange Unschlittkerze in der Hand, umwickelt sie unten mit Werg, das er mit Petroleum tränkt, steigt damit unters Dach, stellt sie sorgsam ins Stroh, zündet sie an, greift zu Hut und Stock, schließt das Tor und geht über Feld.

Solche Art Leute, dachte ich, sind doch zuweilen recht unvorsichtig. Ich flog dem Manne ans Ohr und warnte ihn, nicht aus Mitleid, sondern bloß, um zu zeigen, daß er der Dümmere und ich der Gescheitere sei. Ich war nicht vorhanden für ihn. Es war klar. Durch die Konzentration meines Inneren unter Zurücklassung des Äußeren hatte ich die Fähigkeit zum Wechselverkehr mit der gewöhnlichen Menschheit verloren.

Ich schwirrte ins Nachbarhaus.

Und dies war das Wirtshaus. Am Haupttische tranken sich drei lustige Gesellen zu. Sie können wohl lachen. Sie haben in der Früh drei handfeste Meineide abgeliefert und bereits wieder drei neue in Akkord gekriegt. Am Tisch im Winkel saß ein bescheidener Wandersmann. Nachdem er langsam aber gründlich seine Mahlzeit beendigt, steht er auf, um zu zahlen. Er läßt sich auf ein falsches Fünfmarkstück herausgeben und entfernt sich mit einem herzlichen »Gottbefohlen«.

Auch ich machte, daß ich wegkam, und sah mal zu, was auf der Landstraße passierte.

Schlicht und sinnig, den Korb gefüllt mit den Produkten seiner Kunstfertigkeit, wandelt des Weges daher der Besen- und Rutenbinder. Wie's das Geschäft so mit sich bringt, denkt er viel nach über die Erziehung des Menschengeschlechts. Sein Blick ist zur Erde gerichtet. Infolgedessen hat er Gelegenheit, einen Gegenstand zu bemerken, den der flüchtige Beobachter vermutlich für nichts weiter angesprochen hätte als einen Roßapfel in gedrückten Verhältnissen. Doch der aufmerksame Naturfreund, gewohnt, stets scharf zu prüfen, was vorkommt, erkannte sofort sein eigentliches Wesen. Es ist ein braunledernes Portemonnaie. Er blickt umher, und da die Wetteraussichten ringsum günstig sind, hebt er's auf und läßt es sanft in das Rohr seines Stiefels gleiten.

»Da wird er nicht dümmer nach!« so sprach er bedeutsam im wohlwollenden Hinblick auf den der's verloren und in Erwägung der oft so heilsamen Folgen eines gehabten Verlustes. Und schon kommt der Dokter daher geritten, und zwar im Galopp. Er fragt, ob nichts gefunden sei.

»Nein, Herr!« entgegnet der Besenknüpfer mit überzeugender Mimik, und fort sprengt der Dokter mit ängstlicher Schnelligkeit.

So hatte der Weise einem seiner unerfahrenen Mitmenschen eine wertvolle Lehre gespendet, ohne ihn in die peinliche Lage zu bringen, sich bedanken zu müssen. Er konnte aber auch, nachdem er eine gute Tat verrichtet, zugleich mit dem angenehmen Bewußtsein nach Hause zurückkehren, daß dieselbe nicht unbelohnt geblieben, was sonst so selten ist; und daß er sich auch fernerhin ein enthaltsames Schweigen auferlegt haben wird, das darf man ihm bei seinen Fähigkeiten wohl zutraun. –

An der Gegend, über der ich schwebte, konnte ich nicht viel Rares finden. Doch auf die Gegend kommt's nicht an; denn, wie die Tante zu sagen pflegt:

»Wer nur das richtige Auge hat, kann überall einen ›reizenden Blick‹ haben.«

So ging's auch dem gebildeten Landwirt, der mir auf der Straße entgegenkam. Er hatte seine Kartoffeln besichtigt. Sie standen prachtvoll. Durch seine transparenten Ohren scheint die verklärende Abendsonne. Er ist glücklich.

»Oh, wie schön ist doch die Welt!« ruft er schwärmerisch. »Oh, so schön! So schön! A a!«

Er hatte den Stellwagen nicht bemerkt, der hinter ihm herfuhr. Dieser fuhr ihm ein Bein ab.

Zum Glück war der Dokter, dem beim Anblick eines neuen Patienten wieder Friede und Heiterkeit, die noch soeben vermißten, auf der denkenden Stirne glänzten, sofort zur Stelle, um den nötigen Verband anzulegen.

Mittlerweile war es Nacht geworden. Im Dörfchen brannte ein Haus ab.

»Aha!« rief ich beim Anblick der Flammen. »Unvorsichtigkeit ist eine hervorragende Eigenschaft derjenigen Menschen, welche morgen genau wissen, was sie heute zu tun haben. Hehe!«

Fast hätte mich in diesem Augenblick eine alte Fledermaus erschnappt und aufgefressen, weil sie mich wahrscheinlich für eine kleinere Abart der Kleidermotte ansah; aber ich war schneller als sie und flog in einen dichten Wald und legte mich in das Näpfchen einer ausgefallenen Eichel; und hier, dacht ich, kannst du, wenn auch nicht aus Bedürfnis, so doch aus Prinzip, deiner nächtlichen Ruhe pflegen. Der Mond war aufgegangen und spiegelte sein fettes, glänzendes Gesicht in einem Wassertümpfel, den wilde Rosen umkränzten. Schon hatt ich die Absicht, mich in die allergrößten Gedanken zu vertiefen, da ging der Spektakel los.

Siebenundneunzig dumpftönende Unken, dreihundertvierundvierzig hellquarkende Wasserfrösche und zweitausendzweihundertundzweiundzwanzig hochzirpende Grillen gebrauchten ihre ausreichenden Stimmittel und emsigen Kunstgelenke zum Vortrage einer symphonischen Dichtung. Ein hohler Weidenbaum mit seinen zwei unteren Seitenästen dirigierte. Sein künstlerischer Chignon wehte im Winde der Begeisterung. Die Sache war langwierig; aber schließlich ging ihnen doch der Faden aus, und das bisher nur mit Mühe unterdrückte Bedürfnis des Beifalls konnte sich Luft machen.

Entzückt und befriedigt raschelten die Rosen mit den Blättern und dufteten sogar, was die wilden sonst kaum zu tun pflegen. »Brravo!« quackten, wie aus einem Munde, fünf dicke grüne Laubfrösche. »Brravo! Geschmackvoll! Geschmackvoll!« Und sieben alte graue Käuze, die im Hinterteil einer morschen Erle ihre Logenplätze hatten, quiekten maßgebend über alle hinweg:

»Manjifiek! Manjifiek!«

Ich meinerseits, um doch auch ein hohes Verständnis zu zeigen, suchte mein schönstes falsches Pathos hervor und brüllte, wie laut oder wie leise, das weiß ich nicht mehr:

»Offenbaarrung! Musikalische Offenbaaarrrung!« –

Eduard schnarche nicht so!

ließ sich wieder mal die Stimme vernehmen. Kaum, daß ich danach hinhörte. Ich saß gemütlich in meinem Eichelnäpfchen, höchst sorglos versimpelt in den Gedankengang, der mir grad Spaß machte.

Müdigkeit, hatt ich bisher immer geglaubt, gäb's für mich nicht. Nun aber sollt ich so recht erfahren, welch unwiderstehlich wohltätige Wirkungen eine gute Musik hat. Schon nach fünf Minuten war ich in einen richtigen rücksichtslosen Schlummer versunken. –

Ich mußte wohl ausgiebig geschlafen haben, denn als ich erwachte und mir gewissermaßen die Augen rieb, stand die Sonne schon tief am westlichen Himmel.

In bummligem Fortschritt schwebt ich nun einer bedeutenden Stadt entgegen, deren hochragende Türme und hochrauchende Schornsteine ich gestern schon von weitem bemerkt hatte.

Eben kam der nachmittägliche Kurierzug über die Brücke dahergebraust.

Im ersten Coupee hatte ein gewiegter Geschäftsmann Platz

genommen, der, nachdem er seine Angelegenheiten geregelt hatte, nun inkognito das Ausland zu bereisen gedachte.

Im zweiten Coupee saß ein gerötetes Hochzeitspärchen; im dritten noch eins.

Im vierten erzählten sich drei Weinreisende ihre bewährten Anekdoten; im fünften noch drei; im sechsten noch drei.

Sämtliche noch übrige Coupees waren voll besetzt von einer Kunstgenossenschaft von Taschendieben, die nach dem internationalen Musikfeste wollten.

Auf dem Bahndamme standen mehrere Personen. Ein Greis ohne Hoffnung, eine Frau ohne Hut, ein Spieler ohne Geld, zwei Liebende ohne Aussichten und zwei kleine Mädchen mit schlechten Zeugnissen.

Als der Zug vorüber war, kam der Bahnwärter und sammelte die Köpfe. Er hatte bereits einen hübschen Korb voll in seinem Häuschen stehn.

In den Anlagen der Handelsgärtnerei, die in der Nähe der Brücke lag, wandeln zwei Damen, Frau Präsidentin nebst Tochter. Letztere hatte sich Pflaumen gekauft. »Oh, Mama!« spricht sie beklommen. »Ich kriege so« –. »Pfui, Pauline!« unterbrach sie die zartfühlende Mutter. »Von so etwas spricht man nicht!« »Guten Morgen!« schnarrte des Gärtners zahmer Rabe dazwischen. »Oh, sieh mal, Mama!« rief die bereits wieder heitere Pauline. »Welch ein himmlischer Vogel! Bitte, gutes Pappchen, sprich doch noch mal!« »Drrreck!« schnarrte der Rabe.

»Komm her, mein Kind!« sprach die indignierte Frau Präsidentin. »Jetzt wird er gemein!«

Hieran bemerkt ich so recht, daß ich mich nicht mehr im Bezirke der annähernd zwanglosen Gemütsäußerungen befand, sondern vielmehr in der Nähe einer feinen und hochgebildeten Metropole.

Mir entgegen aus dem Tore bewegte sich ein herrlicher Trauerzug. Im Sarge befand sich ein angesehener aber toter Bankier, beweint und begleitet von hoch und gering. Ich konnte deutlich bemerken, wie er aussah. Er lächelte so recht pfiffig und selbstzufrieden in sich hinein, als ob er sich amüsierte, daß er ein solch schönes Begräbnis weg hatte und ein so langes Gefolge und daß so viele geschmackvolle Kränze seinen Triumphwagen schmückten.

Das wäre was gewesen für Peter, meinen kleinen Neffen! Die Freude hätte ich ihm wohl gönnen mögen! Als vergangenen Herbst die alte Frau Amtmann zur letzten Ruhe bestattet wurde, rief er entzückt: »Ah! Was hat unsere selige Frau Amtmann für eine prachtvolle Kommode!« Wohnungsumzüge und Leichenzüge hält er für die zwei unterhaltlichsten Schaustellungen dieser Welt; und eine gewisse Ähnlichkeit zwischen beiden läßt sich ja auch nicht ableugnen, obwohl der ruhige Erfolg vielleicht mehr auf seiten der letzteren ist.

Ich flog weiter. Eine leichte heidnische Dunstwolke mit einem aromatischen Anhauch von Pomade und Knoblauch, die über der christlichen Stadt schwebte, umfing mich.

Auf Straßen und Promenaden flutet das bunte Publikum und ergießt sich in die hochragenden Speise- und Schenkpaläste, die fürstlich geschmückten, wo der altbewährte Grundsatz gilt: Lieber ein bissel zu gut gegessen, als wie zu erbärmlich getrunken.

Freilich, manch Ach und Krach, was anscheinend vielleicht stören könnte, ist auch in der Nähe; wer aber mal einen gesunden Appetit hat, den geniert es nicht viel, wenn er auch mal ein paar unglückliche Fliegen in der Suppe findet.

Das Geschäft steht in Blüte; der Israelit gleichfalls. Warum wollte er auch nicht? Seine Sandalenfüße, seine getreulich überlieferte Nase, die merklich abgewetzt wurde vom wehenden Wüstensande, dem die Väter einst vierzig Jahre lang entgegenmarschierten, geben ihm das Zeugnis einer schönen Beständigkeit. Mit Vorsicht wählt er die Kalle, und nimmt er sie mal, so pflegt er sie auch zu behalten, es sei wie's sei, und nicht, wie die andern, so häufig zu wechseln. Nüchtern geht er zu Bett, wenn die andern noch saufen; alert steht er auf, wenn die andern noch dösig sind. Schlau ist er, wie nur was, und wo's was zu verdienen gibt, da läßt er nicht aus, bis »die Seel' im Kasten springt«.

Daß man sich durch dergleichen bürgerliche Tugenden nicht viel beliebter macht als Ratten und Mäuse, ist allerdings selbstverständlich. Übrigens befand ich mich in diesem Augenblicke grade über dem Hause eines antisemitischen Bauunternehmers, und so witscht ich mal eben durchs Dach hinein.

Im vierten Stock legt ein Fräulein Hut und Handschuh ab. Sie hat Einkäufe gemacht, unter andern ein Glas voll Salpetersäure. Nicht ohne einen gewissen Zug von Entschlossenheit sieht sie dem Besuche ihres Verlobten entgegen. –

Eine kleine Betriebsstörung im Verkehr zweier Herzen kann immerhin vorkommen. –

Im dritten Stock öffnet sich hastig die Türe des Eßzimmers. »Babett!« ruft eine weibliche Stimme. »Komm mit dem Wischtuch! Mein Mann hat das Sauerkraut an die Wand geschmissen!«

Ach, wie bald verläßt der Friede den häuslichen Herd, wenn er an maßgebender Stelle keine kulinarischen Kenntnisse vorfindet!

Im zweiten Stock – Madam sind ins Theater gefahren – führt sich das Kindermädchen den Inhalt der Saugflasche zu. Das Mädchen ist fett, der Säugling mager. Der Säugling schreit auch. –

Allerdings! Die Säuglinge schreien mitunter. Aber, wie man auch sonst über Säuglinge denken mag, so rechte Denunzianten, gottlob, das sind sie noch nicht. –

Im ersten Stock, beim Scheine der Lampe, sitzt ein altes trauliches Ehepaar. Fast fünfzig sind's her, daß sie sich liebend verbunden haben. Sie muß niesen. »War das eine Katze, die da prustet?« fragt er. »War das ein Esel, der da fragt?« spricht sie. –

So soll's sein! Wenn man auch früher verliebt war, das schadet nichts, wenn man nur später gemütlich wird. –

Im Erdgeschoß befinden sich Geschäftsräume. Bequem im Sessel ruht der Kassier. Er hat soeben unter Aufwand seiner vorzüglichsten Geisteskräfte eine neue Art helldunkler Buchführung erfunden, die genau so aussieht, als ob alles in Ordnung wäre, und raucht nun zur Erholung eine echte Havanna.

Es poltert auf der Treppe.

Als ich das Haus verließ, sprang ein Herr aus der Tür, der emsig wischte und spuckte.

Ich beschloß, das Theater zu besuchen. Ich kam am Gefängnis vorbei. Unter gefälliger Nachhilfe dem schlichten Omnibus entsteigend, wurde eben ein neuer Gast abgeliefert. Es ist der Landbewohner von gestern, der seine Kerze so unvorsichtig ins Stroh gestellt. Oder sollte ich mich doch am Ende in den Absichten dieses Mannes – Unmöglich! Das konnt ich mir im Traume nicht zumuten. –

Wie Ihr seht, meine Freunde! Als Inspekter bei der Brandkasse hätten sie mich auch nicht gebrauchen können. –

Im Theater gab man ein frisch importiertes Stück, wo es grausam natürlich drin zuging. Als es zu Ende, traten mehrere Dichter, die sich auch schon immer was vorgenommen hatten, ohne recht zu wissen wieso, voll entschiedener Klarheit auf die Straße heraus. »Nur immer natürlich, Kinder!« rief einer. »Ein natürliches Bauernmädel, und spränge es im Lehm herum bis an die Knie, dringt mehr zum Herzen und ist mir zehntausendmal lieber als elftausend einbalsamierte Prinzessinnen, die an Drähten tanzen!« Und dann stellten sie sich alle in einen Kreis und sangen, und ich sang mit: »Natur und nur Natuurrr!«

Eduard schnarche nicht so!

ließ sich sofort die Stimme vernehmen. »Schon recht!« dacht ich und hörte nicht weiter hin, sondern blieb bei dem, was ich mir vorgenommen hatte. –

Was nun aber das Kunstwerk betrifft, meine Lieben, so meine ich, es sei damit ungefähr so, wie mit dem Sauerkraut. Ein Kunstwerk, möcht ich sagen, müßte gekocht sein am Feuer der Natur, dann hingestellt in den Vorratsschrank der Erinnerung, dann dreimal aufgewärmt im goldenen Topfe der Phantasie, dann serviert von wohlgeformten Händen, und schließlich müßte es dankbar genossen werden mit gutem Appetit. –

Nachdem sich Freund Eduard dieser Meinung entledigt hatte, fuhr er fort in der Erzählung seines Traumes, wie folgt:

Unbefangen im Bewußtsein meiner, sozusagen, Nichtweiterbemerkbarkeit, huscht ich in einen schönen Salon hinein, welcher festlich gefüllt war. Und das muß ich gestehn, dieses flimmernde Flunkerwerk von Lächeln, Fädeln und Komplimentieren, nicht selten mit der Angel im Wurm, fand meinen ganzen verständnisvollen Beifall. –

Was ist doch der »alte Adam« für ein prächtiger Kerl! Er rakkert sich ab, er hackt und gräbt und schabt und schindet, er schlägt sich und verträgt sich, jahrelang, generationenlang, je nach Glück und Geschick, hat er aber mal was auf die hohe Kante gelegt, hat er Geld und Zeit, flugs schruppt er sich und macht sich schmuck, daß man kaum noch sieht, was eigentlich dran ist. Und »Eva«? Wer weiß, was Grazie heißt, wem es jemals vergönnt war zu bemerken, mit welch zweckmäßiger Anmut sie die immerhin etwas verdächtigen Erbstücke einer paradiesischen Vergangenheit teils traulich zu umwölken, teils freundlich zu enthüllen, teils anheimelnd zu schmücken versteht, dem wird es weder unerklärlich noch unverzeihlich erscheinen, daß ich, als der unerbittliche Morgen ans Fenster klopfte, nur mit Bedauern eine Kulturstätte verließ, wo mir's so wohl war, trotzdem mich doch niemand beachtet hatte.

Noch sind Markt und Gassen umschleiert von erfrischendem Nebeldunst. Doch schon, geweckt und angetrieben durch den gewinnverheißenden Handelsgeist oder durch einen vorsorglichen Hinblick auf den leider unvermeidlich bevorstehenden Tagesbedarf der häuslichen Wirtschaft, hat mancher sein nächtliches Lager verlassen, um auf dem Markte womöglich der erste zu sein. Ein freundlicher Kleinbürger, vermutlich ein Junggesell, hat sich bereits sein Päckchen Butter erstanden und tritt befriedigt die Heimkehr an. Doch prüft er noch einmal unter Zuhilfenahme des Zeigefingers. Der Erfolg ist schreckhaft. Das Auge starrt, der Mund steht geöffnet. Er eilt auf den Markt zurück. Er umhalst die ländliche Butterfrau. Er drückt ihr Haupt an seinen Busen. Und während er dies mit der Linken tut, schmiert ihr seine Rechte unter fortwährend mahlender Kreisbewegung die

»gefüllte« Butterwälze in das ängstlich gerötete Angesicht. Die Frau kam mir bekannt vor. Der herbeigerufene Schutzmann knüpfte mit ihr ein näheres Verhältnis an.

Zu gleicher Zeit entstand vor einem in der Nähe liegenden geschmackvollen Rokokohause ein wehmütig klagendes Volksgetümmel. Meist Witwen und Waisen. Bankiersfirma. Geschäft geschlossen. Besitzer gestern begraben. Passiva bedeutend.

Doch die Sonne, den Nebel zerteilend, schien nun strahlend an den Tempel der Wissenschaft, dem mein nächster Besuch galt.

Ich sah sie, ich sah sie leibhaftig, die hohen Forscher, ich sah sie sitzen zwischen ihren Mikroskopen, Retorten und Meerschweinchen; ich erwog den Nutzen, den Vorschub, den berechtigten Stolz und alles, was ihnen die Menschheit sonst noch zu verdanken hat, und in gedrückter Ehrfurcht verließ ich die geheiligten Räume.

Aber ein Kritiker – denn Flöhe gibt's überall – sagte zu einem andern, mit dem er vorüberging: »Da drinnen hocken sie. Zahlen im Kopf, Bazillen im Herzen. Alles pulverisieren sie: Gott, Geist und Goethe. Und dann die Besengilde, die gelehrte, die den Kehricht zusammenfittchet vor den Hintertüren der Jahrtausende. – Siehst du das Fuhrwerk da? Siehst du den Ziegenbock, der jeden Morgen sein Wägelchen Milch in die Stadt zieht? Sieht er nicht so stolz aus, als ob er selber gemolken wäre?«

Ich flog ins Museum, in die Verpflegungsanstalt für bejahrte Gemälde, und als ich sie mit Verständnis besichtigt hatte, begab ich mich nebenan in die Bilderklinik, wo die Bresthaften geflickt und kuriert werden. »Restauriert und überlackiert!« so seufzte ein würdiger Kunstfreund. »Und wenn's gut geht, ein paar geistige Pinselhaare bleiben immer drauf kleben!«

Wie? dacht ich. Soll denn Tobias seinen alten Vater nicht salben, der blind ist? Soll denn eine liebende Enkelin ihre gute Großmutter nicht schminken, wenn sie runzlicht geworden? Und, für alle Fälle, was Neues gibt's auch noch. Wo hängt es? Im Kunstverein.

Witsch! war ich da. Der Anblick, der mir zuteil wurde, steht unauslöschlich in meiner Seele geschrieben. Alles mußt ich loben; das herbe Elend, wie es leibt und lebt; die anregenden Visionen der Mystik; ja beinah auch die anziehenden Gestalten der Frauenwelt, die so unbefangen dastanden, obgleich sie aus der Überschwemmung der Kleider nichts weiter als das nackte Leben gerettet hatten.

Jedoch leider traf ich auch hier wieder störende Leute, denen die Tätigkeit ihrer kunstfertigen Mitmenschen nicht recht war.

So ein ruppiger alter Junge schnüffelte an allen Bildern herum und suchte nach Zweideutigkeiten, um sich sittlich zu entrüsten. Man nannte ihn den »Mann mit der schmutzigen Brille«, weil er überall den Unrat wittert, den er mitbringt.

Und noch ein anderer war da mit einem Gesicht so boshaft wie das eines tausendjährigen Kolkraben, der im Reviere das entscheidende Wort führt. »Nichts als Quark!« krächzte er um sich blickend. »Malen kann jeder, geschickt sind viele, gescheit sind wenige, ein Mensch ist keiner. Gebt mir einen ganzen Menschen, ein komplettes Individuum, das sich aufs Malen verlegt, und so unerschöpflich im Finden, Formen und Färben, daß alles aus ist. Das ist's, was ich von der Kunst verlange!«

Was so ein Schlingel, dacht ich, nicht alles von der Kunst verlangt und noch mehr von seinem Schöpfer, denen er noch nie was geschenkt hat.

Zwei berühmte Künstler, die eben vorüberschritten, machten dem Kritikus zwei ergebenste Bücklinge; denn Furcht heißt die Verfasserin des Komplimentierbuchs für alle. Als sie unter sich waren, nannten sie ihn Schafskopf. –

Wie Ihr wohl bemerkt haben werdet, meine Freunde, war ich entrüstet, und komplett war ich auch nicht. Entrüstung ist ein erregter Zustand der Seele, der meist dann eintritt, wenn man erwischt wird. –

Mit der Politik gab ich mich nur so viel ab, als nötig, um zu wissen, was ungefähr los war. Vor wenigen Tagen war der größte Mann seines Volkes vom Bocke gestiegen und hatte die Zügel der

Welt aus den Händen gelegt. Nun, hätte man meinen sollen, gäb's ein Gerassel und Kopfüberkopfunter. Doch nein! Jeder schimpfte und schacherte und scharwenzelte so weiter und spielte Skat und Klavier oder sein Los bei Kohn und leerte sein Schöppchen, genau wie vorher, und der große Allerweltskarren rollte die Straße entlang, ohne merklich zu knarren, als wäre er mit Talg geschmiert.

Die Welt ist wie Brei. Zieht man den Löffel heraus, und wär's der größte, gleich klappt die Geschichte wieder zusammen, als wenn gar nichts passiert wäre.

Während ich noch hierüber nachdachte, fiel mir plötzlich was ein. So viel Wunderbares und Herrliches mir nämlich bisher auch begegnet war, ein wahrhaft guter Mensch war mir nicht vorgekommen. Nicht, daß ich mich so recht herzlich danach gesehnt hätte; es war nur der Vollständigkeit wegen.

Wie ich munkeln hörte, sollte einer da und da, Hausnummer so und so, gleich draußen vor der Stadt leben; ein auffälliger Menschenfreund, dem der Besitz eine Last sei und das Verteilen ein Bedürfnis, und ich beeilte mich, ihm sofort einen heimlichen Besuch abzustatten.

Er hatte grad von der Heerstraße, die vor seiner Türe vorüberführte, fünf das Land durchstreifende Wanderer hereingeholt. »Brüder!« so sprach er mild. »Tut, als ob ihr zu Hause wärt. Wir wollen alle gleich viel haben!«

Die Fremden zeigten sich einverstanden. Man aß gemeinsam man trank gemeinsam, man rauchte gemeinsam, und was die Stiefel anlangt, so wurde freudig beschlossen, daß sie in der Früh gemeinsam geputzt werden sollten.

Da der Fall immerhin merkwürdig schien, beschloß ich, bis zum folgenden Tage zu bleiben.

Am nächsten Morgen versammelten sieh die sechs Herren im gemeinsamen Frühstückszimmer, und als der Menschenfreund seine fünf Brüder ebenso propper gekleidet sah wie sich selbst, trat ihm eine Träne ins Auge, und jedem die Hand reichend, sprach er seine Freude darüber aus, daß nun jeder befriedigt sei.

Ein gewesener Maurerparlier fing an, sich zu räuspern. »Ja!« sprach er. »Das ist wohl so! Indessen, da du deinerseits, mein Bruder, nun so lange Zeit mehr gehabt hast als wir, wär's da nicht recht und billig, wenn wir unserseits nun auch mal ebenso lange Zeit mehr hätten als du?«

Der gerechte Menschenfreund, dem inzwischen noch eine zweite Träne ins Auge getreten, nickte ihm Beifall zu.

Demnach trank jeder seinen Mokka, ausgenommen der Menschenfreund, demnach nahm jeder seinen Kognak, ausgenommen der Menschenfreund, demnach rauchte jeder seine Havanna, ausgenommen der Menschenfreund, demnach putzte keiner die Stiefel, ausgenommen der Menschenfreund.

Als dieser nun seine fünf Brüder noch propperer dastehen sah als sich selber, trat ihm eine dritte Träne ins Auge, und jeden umarmend, drückt er jedem seine Freude darüber aus, daß endlich jeder befriedigt sei.

Hier fing der Maurerparlier wieder an sich zu räuspern und sagte, ja, das wäre wohl so, aber jetzt sollte er sich mal draußen unters Fenster stellen, und dann wollten sie ihm mal richtig auf den Kopf spucken und wollten mal zusehen, ob der Herr Bruder noch stolz sei.

Der Menschenfreund, dem inzwischen noch eine vierte Träne ins Auge getreten, zeigte sich abgeneigt.

Als das die fünf Brüder bemerkten und sahen, daß er sich sträuben wollte, faßte ihn einer hinten am Rockkragen und zog dran, bis die Ohren oben verschwanden, und ein anderer faßte ihn hinten am Hosenbund und zog dran, bis die Waden unten zum Vorschein kamen, und so führten sie ihn rings in der Stube herum und ließen ihn »stolz gehen«, wie sie es nannten, und dann hielten sie ihn horizontal in der Schwebe und trugen ihn auf den Hausflur, und dann zählten sie eins, zwei, drei, indem sie ihn pendulieren ließen, und bei drei flog er zum Tore hinaus und tat einen günstigen Fall in warmen Spinat und erschreckte eine Kuh, die sich hier einen Augenblick verweilt hatte, und als er so dalag, rannen ihm die angesammelten vier Tränen auf einmal aus den

Augen heraus, und schimpfen tat er auch. Daraus, daß er letzteres tat, sah ich nur zu deutlich, daß er doch kein recht guter Mensch war. –

Wer der Gerechtigkeit folgen will durch dick und dünn, muß lange Stiefel haben. Habt Ihr welche? Habe ich welche? Ach, meine Lieben! Lasset uns mit den Köpfen schütteln! –

In meinem Traume aber hatte ich die Hoffnung, einen guten Menschen zu finden, noch nicht aufgegeben. Ich folgte auf gut Glück einem Kollektanten, der mit seiner Sammelliste in eine nahe gelegene Villa ging.

Der nicht unbeleibte Besitzer derselben gab eine Mark für die äußere Mission und fünfzig Pfennige für die innere. Nachdem er dies getan und der Kollektant sich entfernt hatte verfiel er in Schwermut. »Ich bin zu gut! Ich bin viel zu gut!« rief er seufzend und war ganz gerührt über sich selber wegen seiner fast strafbaren Herzensgüte.

Ich war befriedigt. Ich hatte sogar einen mehr als guten Menschen gesehn.

Erleichtert, sozusagen, flog ich nach dem Nymphengarten, wo vor versammelten Zuschauern ein Ballon in die Lüfte stieg.

Der großartige Anblick brachte plötzlich einen kleinen Plan in mir zur Reife, den ich längst schon gehegt hatte. Ich wollte doch eben mal nachsehn, ob die Welt eigentlich ein Ende hätte oder nicht.

Pfeilschnell stieg ich auf und befand mich sogleich in unmittelbarer Nähe des Ballons. Wir schwebten über der Stadt. Den Fallschirm in kundigen Händen, sprang der Luftschiffer aus der Gondel. Der Schirm versagte; und der kühne Aeronaut, soeben noch schnell nach oben strebend, strebt nun noch schneller nach unten mit einer zunehmenden Geschwindigkeit, die er kaum selber zu ermessen vermag. Er setzt sich auf den spitzigen Blitzableiter der Synagoge. Er zappelt unwillig mit Händen und Füßen, denn er war Antisemit. Dann ließ er nach und gab sich zufrieden. –

Ja, meine Lieben! Im ersten Augenblicke ist einem manches nicht angenehm, aber mit der Zeit gewöhnt man sich an alles. Ach ja! – Nicht lange, so hatt ich ihn und seinen Luftball, ja sogar den atmosphärischen Dunstkreis unseres Erdballes weit hinter mir.

Es sauste bereits ein Komet an mir vorüber, jedoch so eilig, daß ich nur konstatieren könnte, es war eine runde, hohle, durchscheinende Kuppel von Milchglas, die ein Loch hatte, aus dem geräuschvoll ein leuchtendes Gas entströmte, welches nach hinten den Schweif, nach vorne, vermutlich durch Rückstoß, die rapide Bewegung dieses merkwürdigen Sternes erzeugte.

Wenige Sekunden später passiert ich den Tierkreis.

Die hübsche »Jungfrau« mit den gesunden »Zwillingen«, auf jedem Arm einen, schielte zärtlich nach dem »Schützen« hinüber, einem schmucken, blonden, krausköpfigen Burschen, dessen Flügel schön bunt, dessen Köcher, Bogen und Pfeile von Gold sind.

Nicht weit davon in seiner Butike saß der schlaue krummnasige »Wassermann« – Juden gibt's doch allerwärts! – und regulierte die »Waage« zu seinen Gunsten.

Nun aber tat ich einen Satz, den ich mir selber, und das will was heißen, kaum zugetraut hätte. Der Aufschwung, den ich mir gegeben, war dermaßen kräftig, daß ich nicht bloß die äußere Kruste der Welt durchstieß, sondern auch noch eine erkleckliche Strecke weit hinausflog in den leeren unermeßlichen Raum. Hier stand ich still, drehte mich um und verschnaufte mich. Durch die gemachte Anstrengung war ich weißglühend geworden. Und nun kam der erhabenste Augenblick meines Lebens.

Von meinem Ich allein, von einem einzigen Punkte aus, durch die unendliche Nacht, warf ich einen elektrisch leuchtenden Strahlenkegel auf die Weltkugel, die in ziemlicher Entfernung mir grad gegenüber lag. Sie hatte wirklich ein Ende und sah von weitem aus wie ein nicht unbedeutender Knödel, durchspickt mit Semmelbrocken.

Tief versunken in das überwältigende Schauspiel, hatt ich fast nicht beachtet, daß ich anfing mich abzukühlen. Mein Licht brannte matter. Die Aussicht, im nächsten Augenblicke ganz allein in der leeren Dunkelheit zu sitzen, wo es obendrein kalt wurde, erschreckte mich doch. Es war die höchste Zeit.

So schnell ich nur konnte, eilt ich der Welt wieder zu und fand auch glücklich das Loch wieder, wo ich herausgekommen. Ich bohrte tiefer und tiefer; aber noch geblendet von meinem eigenen Lichte von vorhin, kam mir alles so dunkel vor. Ich tappte hierhin und dahin. Endlich fühlte ich was Rauhes. Es war der Schwanz des »Kleinen Bären«. Sofort orientierte ich mich, rutschte ein gutes Stück weit an der Himmelsachse hinunter und sprang dann, sobald unser kleines Erdel in Sicht kam, nach seitwärts in der Richtung der gemäßigten Zone hinab.

Die geographische Lage des Ortes, wo ich mich niederließ, war mir ganz und gar unbekannt. Ich weiß nur, daß ich auf der linken Hand eines jungen Mädchens saß, welches mich scharf fixierte, während es mit der Rechten zu einem Klapse ausholte, der mich sicher zermatscht hätte, wie eine Stechmücke, wär ich nicht schnell auf und davon gewitscht.

So war ich denn zum erstenmal auf meiner Reise unter Menschen geraten, welche scharfsinnig genug waren, mich trotz meiner Wenigkeit zu bemerken.

Um zu probieren, ob ich auch verstanden wurde, näherte ich mich einem Schäfer, der, unter einem schattigen Baume liegend, sein Vesperbrot verzehrte, bestehend aus einer Flasche Rotwein nebst drei gebratenen Tauben.

Ohne irgendwelches Erstaunen, ohne seine Tätigkeit im geringsten zu unterbrechen, nickte er mir auf meinen Gruß: Prostemahlzeit! sein gemütsruhiges: Danke! zu.

Während er nach Erledigung der Flasche seine dritte Taube entknöchelte, sagt ich zu ihm:

»Ihr lebt hier, scheint's, im Reiche der Behaglichkeit, guter Freund!«

»Mag wohl sein!« gab er schon halb träumend zur Antwort. Dann mümmelte er noch ein Weilchen so hin an dem letzten Taubenflügel, der ihm halb aus dem Munde stand, und verfiel in einen dermaßen erquicklichen Schlummer, daß es weithin vernehmlich war.

Eduard schnarche nicht so!

ließ sich wieder die Stimme verlauten.

Wieso? dacht ich und flog wohlgemut weiter, um über Sitten und Bräuche des Landes meine näheren Erkundigungen einzuziehn.

Durch das einmütige Zusammenwirken sämtlicher Forscher auf sämtlichen Gebieten der Wissenschaft war hier in der Tat ein solch angenehmes Kommunalwesen zustande gekommen, daß selbst ein im Hergebrachten verhärteter Kopf hätte zugeben müssen, es sei mehr, als er jemals für möglich gehalten. Gewöhnliches Mehl, soviel man brauchte, wurde einfach aus Sägespänen gemacht, das feinere für die Konditer auf etwas weitläufigerem Wege aus Bettstroh und Seegrasmatratzen. Zucker hatte man gelernt ohne weiteres herzustellen, ohne auch nur einer einzigen Rübe ein gutes Wort geben zu müssen. Aber das Wichtigste war, daß man keine Kohlen mehr nötig hatte. Vermittelst sinnreicher Brennglasapparate sammelte man während der guten Jahreszeit nicht bloß so viel Sonnenwärme, als zum Betriebe aller Maschinen, Öfen, Lampen, Töpfe und Wärmflaschen des Landes erforderlich war, sondern auch zu bloßen Belustigungszwecken noch immer was drüber. Daß dadurch den Leuten hier die Einrichtung einer bequemen bürgerlichen Gemeinschaft bedeutend erleichtert wurde, war überall ersichtlich. Man tut gleich wenig und hat gleich viel. Nur der, welcher grad Dünger fährt, kriegt einen Schnaps extra. Mit dem fünfunddreißigsten Jahre zieht man auf die Leibzucht. Stehlen hat keiner mehr nötig; höchstens wird von kleinen Knaben noch mal hin und wieder eine Zigarre stibitzt. Man betrachtet dergleichen als angeborenen Schwachsinn, wo der Betreffende im Grunde nichts für kann, und bringt ihn deshalb in die Anstalt für Staatstrottel zu den übrigen. Auch andere Krankheiten gibt's wohl noch, doch hat man Mittel gefunden, daß keine mehr weh tut, und was das Faulfieber betrifft, welches, besonders in den wärmeren Monaten, nicht eben sehr selten ist, so kuriert man es nach und nach durch Wohlwollen und nachsichtige Behandlung. Man muß nur Geduld haben.

Der Tod ist freilich auch hierzulande nicht ausgeschlossen; nur ist man viel zu aufgeklärt und besitzt im Hinblick auf die Höhe der eigenen Leistungen ein viel zu edles Selbstgefühl, um sich der Befürchtung hinzugeben, es könne hernach am Ende doch etwas passieren, woran niemand eine rechte Freude hat.

So weit wäre ja alles recht schön! dacht ich. Aber wie sah's aus mit der Neidhammelei der Dummen gegen die Gescheiten und der Garstigen gegen die Wohlgeformten, besonders bei den Herren? Wie, vor allen Dingen, verhielt es sich mit der Strebsamkeit der Liebe, so daß der Zappermentshansel immer oben drauf sein möchte im Herzen der Grete und es partout nicht leiden will, daß sie den Malefizjochen noch lieber hat als ihn? »Jah!« sagte mir ein phlegmatischer Leibzüchter. »War schlimm! Früher auch viel Last gehabt damit. Jetzt vorbei. Schon längst die Kon-kurrr-renz-drrrüüse –«

Eduard schnarche nicht so!

rief die Stimme. Ich hörte aber nicht hin danach.

»– die Konkurrenzdrüse entdeckt!« fuhr der Leibzüchter fort; und dann beschrieb er das Weitere. Sie sitzt hinter dem einen Ohre, tief in der Gehirnkapsel. Ausbohrung obligatorisch. Erfolg durchschlagend.

Er hatte recht. Mit dem Gedrängel und der Haßpasserei war's aus daselbst. Man gönnte jedem seine Schönheit und seine Gescheitheit und seine Frau auch, sie mochte so verlockend sein, wie sie wollte, und ob die Grete den Hans kriegte oder den Jochen, oder den alten Nepomuk, das war ihr und überhaupt jedem egal.

So lebten denn da herum die Leute in einer solch wöhnlichen und wohldurchdachten Gemeinschaft, daß sie unsern Herrgott und seine zehn Gebote nicht mehr nötig hatten.

Nur eins war schade. Das Lachen hatte aufgehört. Zwar hat man Lachklubs und Lachkränzchen für jung und alt; man läßt sich den dümmsten Stoffel und die garstigste Trine aus dem Spital kommen und besichtigt sie von allen Seiten; man lacht, aber es geht nicht so recht. Es ist ein heiseres, hölzernes, heuchlerisches Lachen.

Und natürlich, meine Lieben! Jenes selige Gefühl, wobei das ganze Gesicht glanzstrahlend aus dem Leime geht; jenes wonnige Bewußtsein, daß wir wen vor uns haben, der noch dümmer oder häßlicher ist als wir selber; diese aufrichtige Freude an der Bestätigung unserer überwiegenden Konkurrenzfähigkeit, deren lauten oder leisen Ausdruck wir Lachen oder Schmunzeln nennen, konnte unter derartig geregelten Verhältnissen nicht mehr vorkommen. Daß sich aber dagegen eine gewisse sanfte Eintönigkeit herbeischleichen würde, deren Wert man nur selten zu schätzen weiß, das ließ sich wohl annehmen.

Und so war's. Sie hatten gemütliche Parkanlagen; aber an jedem Baum hing wer. Die Eingeborenen freilich spazierten herum dazwischen und hatten nichts weiter dabei. Ich konnte mich aber nicht recht daran gewöhnen.

Es war eine größere Insel, auf der ich mich befand. Ich flog übers Meer.

Unterwegs, als ich bei einer ganz kleinen Insel vorüberkam, sah ich mehrere antike Sirenen auf ihren Nestern sitzen. Ihre Gesichter waren faltig, wie dem Großvater sein lederner Tobaksbeutel, und Stimme hatten sie auch nicht mehr, sondern schnatterten wie die Gänse. Da sie nicht länger, weder durch Gesang noch durch Händewinken und Augenzwinkern, den Schiffer bezaubern konnten, versuchten sie's vermittelst goldener Eier, die sie selber gelegt hatten, und als ich mich auf nichts einließ, schmissen sie damit, und ich merkte wohl an einem, welches dicht an mir vorbeiflog, daß sie nicht echt waren, und freute mich, daß mich keins traf, wegen meiner Geringfügigkeit, und so erreicht ich wohlbehalten das Festland, ohne vergüldet zu werden.

Zunächst besucht ich, um endlich mal zu erfahren, was eine Sache ist, abgesehen davon, wie sie uns vorkommt, einen weitberühmten Naturphilosophen, der mir zu diesem Zwecke besonders empfohlen war.

Derselbe begrüßte mich unter der Haustür und führte mich, als er gehört, was ich wollte, sogleich mit überlegener Höflichkeit in sein geräumiges Arbeitszimmer.

Er trug ein rotes Samtkäppchen mit grüner Hahnenfeder, einen Schlafrock von Maulwurfsfellen, eine hirschlederne Hose und spitze Pantoffeln von Krokodilshaut. Seine Nase glich der Mohrrübe, sein Auge der Walnuß, sein Mund der Sparbüchse, sein Bart den Fischgräten, und auf dem Kinn hatte er eine Warze sitzen, die aussah wie ein vollgesogener Zeck.

Obgleich sein Benehmen durchaus ernsthaft erschien, war mir's doch, als müßte sich unter der Haut seines ehrwürdigen Gesichtes ein verschmitztes Lächeln verbergen; ein Argwohn, der zusehends verschwand, als ich die wundersamen Gegenstände bemerkte, welche dieser außerordentliche Mann nicht bloß zu sammeln gewußt, sondern auch auf das liebenswürdigbereitwilligste zu zeigen geruhte.

Auf Tischen, Stühlen, Schränken standen und lagen durcheinander Bücher, Präparate in Spiritus, ausgestopfte Vögel, Automaten und sonstige Schosen.

Drei Papageien, die stets wiederholten, was der Meister gesagt hatte, schaukelten sich auf einer schwebenden Stange.

»Vorerst, mein Wertester«, so begann er, »betrachtet Euch gefälligst dies automatische Kunstwerk!«

Knarrend zog er es auf. Es war ein Fischreiher, in einer Schale voll Wasser stehend, worin sich ein Aal befand. Der Reiher bückte sich, erfaßte den Aal, hob ihn in die Höhe, verschluckte ihn und stand dann, gleichsam befriedigt, in Gedanken. Aber bereits im nächsten Augenblicke schlüpfte der geschmeidige Fisch wieder hinten heraus. Wieder mit unfehlbarer Sicherheit ergriff ihn der langgeschnäbelte Vogel, ließ ihn hinuntergleiten und wartete sinnend den Erfolg ab, und wieder kam der Schlangenfisch am angeführten Orte zum Vorschein, um nochmals verschlungen zu werden, und so ging's fort und fort: »Dies«, erklärte der Meister, »ist der ›Kreislauf der Dinge‹!« Darauf nahm er ein unscheinbares Gerät vom Schranke. Es war eine kleine Wehmühle. Er blies den Staub davon, hielt sie mir vor und sprach bedeutungsvoll:

»Hier, mein Geschätzter, seht Ihr das ›Ding an sich‹, das vielberufene, welches vor mir noch niemand erkannt hat.«

Er drückte auf einen Knopf. Die Mühle fing langsam zu fächeln an. Ein ungemein wohliges Gefühl überkam mich, als würd ich von zarten Händen so recht sanft hinter den Ohren gekraut.

Er drückte zum zweiten Male auf den Knopf. Nur das feinste Diner kann der Zunge ein solches Wohlgefallen bereiten, wie es mir jetzt zuteil wurde.

Er drückte zum dritten Male. Nun kam der Geruchsinn an die Reihe. Erschrocken blickt ich den Meister an.

Doch nicht der leiseste Zug einer verdächtigen Heiterkeit störte den Ausdruck seines ehrbaren Gesichtes.

Schon berührte er den Knopf zum vierten Male. Ein prachtvoller Parademarsch erklang.

Er drückte zum fünften Mal. Ein Feuerwerk sprühte auf, so herrlich, daß es sich der Prinz an seinem Geburtstage nicht schöner hätte wünschen können.

»So ist denn«, sprach er erklärend, »alles das, was zwischen uns und den Dingen an sich passiert, nichts weiter als eine Bewegung, bald schneller, bald langsamer, in einer Äther- oder Luftschicht, die bald dicker, bald dünner ist.«

»Auch die Gedanken?« fragt ich.

»Auch sie!« erwiderte der Meister. »Wir werden gleich sehen!«

Er stellte die Wehmühle weg und kriegte eine Windmühle her. Sie war nach dem gleichen System gearbeitet wie diejenigen, welche man in die Wipfel der Kirschbäume stellt, um die Spatzen zu verscheuchen, nur war sie viel kleiner und hatte Flügel von Papier. Indem er mir dieselbe entgegenhielt, rief er ermunternd:

»Wohlan, mein Bester! Jetzt denkt mal drauf los!«

Ich nahm mich zusammen und dachte, was ich nur konnte, und je eifriger ich dachte, je eifriger drehten sich die Papierflügel der Mühle, und klappern tat sie, daß es selbst ein erfahrener alter Sperling nicht gewagt hätte, in ihre Nähe zu kommen.

»Je mehr Wind, je mehr Lärm!« sprach der Gelehrte erläuternd.

»Und Lust und Leid des Herzens«, forschte ich weiter, »sind die gleichfalls Bewegung?«

»Gewiß!« erhielt ich zur Antwort. »Nur schraubenförmig!«

Damit nahm er vom Gesimse ein zierliches Gestell, worin horizontal ein Pfropfenzieher lag, den man vermittelst einer Kurbel in drehende Bewegung setzen konnte.

»Nur zu!« rief ich erwartungsvoll.

Er schloß das linke Auge und fixierte mich blinzelnd mit dem rechten.

»So geht es noch nicht!« sprach er zögernd. »Denn wie ich bemerke, mein Lieber, ist Eure Konstitution etwas anders beschaffen, als wie es sonst üblich ist. Darum bitt ich, zuvörderst hier Platz zu nehmen in dem Sessel der höheren Empfindsamkeit!«

Dies war ein ungemein weich gepolsterter Lehnstuhl. Ich ließ mich darauf nieder. Der Meister näherte sich mit der Schraube und fing an vorwärts zu drehen.

Ein unsagbar peinliches Gefühl durchbohrte mein innerstes Wesen. Ich hätte laut aufschreien mögen. Es war, als wäre meine alte Großtante gestorben.

»Der Schmerz ist positiv!« sprach der Meister gelassen. Und nun drehte er rückwärts. Der Schmerz ließ nach. Es durchströmte mich, wie ein großes unerwartetes Glück. Es war, als hätte mir die Selige eine halbe Million vermacht.

»Die Freude ist negativ!« erklärte der Meister, indem er die Seelenschraube wieder an ihren Platz stellte.

Um die Geduld des freundlichen Gelehrten nicht übermäßig in Anspruch zu nehmen, hielt ich es jetzt für angemessen, mich bestens zu empfehlen.

»Noch eins!« sprach er und führte mich an seinen Schreibtisch.

In einem großen Glase voll Spiritus saß ein wunderliches Geschöpf, welches die größte Ähnlichkeit hatte mit einem überreifen Kürbis, woran unten, scheinbar als Gliedmaßen, ein paar kümmerliche Ranken hingen.

»Dies«, so demonstrierte der Meister, »ist der Mensch von vor tausend Millionen Jahren, ehe er herabsank zum verächtlichen Lanzettierchen, von welch letzterem wir uns wenigstens in der Gegenwart so weit wieder aufgerappelt haben, daß wir hoffen dürfen, auch in der Zukunft noch mal wieder etwas Rechtes zu werden.«

»Schön ist er nicht!« meint ich enttäuscht.

»Aber schlau!« fiel mir der Forscher ins Wort. »Ich hab ihm den Kopf visitiert. Die zweifelhafte Unterscheidung zwischen hier und dort, zwischen heute und übermorgen, die uns jetzt so viele Verlegenheiten bereitet, gab's damals nicht; die Frage, ob zwei mal zwei vier sei, oder sonst was, ließ man unentschieden; und was die Grundsätze der Geometrie betrifft, so kann ich wenigstens so viel mit Bestimmtheit versichern, daß zu jenen Zeiten die krümmste Linie der kürzeste Weg zwischen zwei Punkten war.«

Hier machte der Naturphilosoph eine Pause, die mir Zeit ließ, ihm meine Bewunderung auszudrücken und zugleich noch ein weiteres Problem zu berühren.

»Hochverehrtester!« hub ich an. »Darf ich mir zum Schluß noch eine kleine Anfrage gestatten?«

Er nickte verbindlich.

»Wie«, fragt ich, »steht es mit der Ethik? Was muß der Mensch tun, daß es ihm schließlich und ein für allemal gut geht?«

Ohne sich lange zu besinnen, öffnete der Weise eine Schublade, nahm eine Flöte heraus, schrob sie auf seine Nase, kniff den Mund zu, blies die Backen auf und fing an zu fingern und zu trillern und zu quinquilieren, wie ein gut geschulter Kanarienvogel, der auf der Geflügelausstellung den ersten Preis gekriegt hat.

Als er hiermit aufgehört, fragte er kurz:
»Verstanden? Überzeugt?«
»Nicht so ganz!« gab ich verlegen zur Antwort.
Nun begann er aufs neue, indem er abwechselnd sang und flötete und dabei den Kopf gar gefällig von einer Seite zur andern wiegte:

»Wer nicht auf gute Gründe hört,
trideldi!
Dem werde einfach zugekehrt
trideldi!
Die Seite, welche wir benützen,
Um drauf zu liegen und zu sitzen.
triddellitt!«

Hiermit brach er kurz ab, legte die Flöte beiseite, drehte sich um, wickelte sich stramm in seinen Schlafrock, nahm eine gebückte Stellung an, krähte wie ein alter Cochinchinagockel und verschwand im Hinterstübchen.
Die Papageien krähten gleichfalls. Einen Augenblick stand ich starr. Dann entfernt ich mich mit fabelhafter Geschwindigkeit.

Links vor mir lag ein anmutiges Tal, durchschnitten von einer breiten, musterhaft angelegten Chaussee, an deren Seiten die köstlichsten Obstbäume standen; rechts aber erhob sich, allmählich ansteigend, das Gebirge, immer höher und höher, bis es zuletzt fern oben in den Wolken verschwand.
Zu Fuß, zu Roß, zu Wagen bewegte sich eine Menge fröhlich erhitzter Menschenkinder den breiten Weg entlang, als ob irgendwo etwas Besonderes los wäre; alle in der nämlichem Richtung. Nur einer kam zurückgelaufen. Er sah lumpig, geschunden und verstört aus, sprang über den Graben und rannte querfeldein, wie besessen, ohne sich umzusehn. »Der Franzel ist närrisch geworden!« sagten die Leute so beiläufig und zogen lachend vorüber.

Bald bemerkt ich, wo sie hin wollten.

Ungefähr da, wo der breite Weg, dem felsigen Walde sich nähernd, in einen dunkelen Tunnel verlief, stand das Wirtshaus »Zum lustigen Hinterfuß«, ein altes, geräumiges, neu wieder aufgeputztes Gebäude und allgemein beliebt als Vergnügungsort schon seit undenklichen Zeiten.

Der Wirt, im übrigen ein jovialer Mann, zog das eine Bein etwas nach. Er hatte mal in seiner Jugend, so wurde gemunkelt, bei einer Schlägerei, die nicht günstig für ihn ablief, einen ekligen Fall getan.

Seine sieben reizenden Töchter, die man scherzweise die »sieben Todsünden« zu nennen pflegte und die dem väterlichen Geschäfte natürlich sehr förderlich waren, begrüßtem mit Kußhänden vom hohen Balkon herab die ankommenden Gäste.

Unten aber, aus einem Fenster des Erdgeschosses, wo sich die Küche befand, streckte eine verwitterte Hexe, die uralte Großmutter des Wirts, ihren spähenden Kopf hervor. Sie war die Köchin des Hotels, und ihre Nase war schwarz von Ofenruß.

Obgleich sich in den Gesellschaftsräumen des gastlichen Hauses eine etwas drückende Schwüle bemerklich machte, herrschte doch durchgehends unter jung und alt und hoch und niedrig die ungezwungenste Heiterheit. Besonders abends, nachdem bei festlicher Beleuchtung Musik und Tanz begonnen, ging es so lustig zu, daß vom »Heimgehn« nicht gern wer was hören wollte, und als dennoch einer sich erhob und auf etwas Derartiges anspielte, riefen einige: Maul halten! und raus mit ihm! aber die meisten hörten gar nicht hin, sondern taten genauso, als ob dies einer wäre, der nicht da ist.

Unter den anwesenden Gästen erkannte ich verschiedene Personen, die mir während meiner Reise schon mal vorgekommen waren, z. B. den optimistischen Landwirt, der unter den Stellwagen geriet. Er wurde glücklich geheilt. Das Bein war krumm geblieben. Doch bekam er, wie er triumphierend erzählte, im Spätherbst die dicksten Kartoffeln.

Wie es im Traume zu geschehen pflegt, empfand ich über diese

Begegnungen nicht das mindeste Erstaunen. Nur eins machte mich stutzig. Nämlich der viel zu gute Mensch, dessen Vorhandensein mich damals so ausnehmend befriedigt hatte, daß der auch mit mir hier war und sogar mit einer von den Töchtern des Wirtes in einer lauschigen Nische Champagner trank, das konnt ich nicht klein kriegen.

Nachdenklich und erhitzt flog ich zum Dach hinaus, um mich in der Nachtluft etwas abzukühlen, und setzte mich auf die Wetterfahne, und wie sie sich drehte, ging es immer: Züh, knarrr! Züh, knarrr!

Eduard schnarche nicht so!!

ließ sich wieder mal die bewußte Stimme vernehmen. »Schon recht!« dacht ich und fuhr Karussell auf der wirbelnden Fahne, daß es noch viel ärger knarrte als zuvor.

Von hier bemerkte ich etwas immerhin Auffälliges.

Es mochte so um Mitternacht sein, als ein eigentümlicher Hotelomnibus an der Hintertür vorfuhr. Er war schwarz angestrichen und hatte silberne Beschläge. Er war nicht zum Sitzen eingerichtet, sondern zum Liegen. Er wurde nicht hinten aufgemacht, sondern oben. Er holte keine Gäste her, sondern brachte nur welche weg. Einige derselben, die »abgefallen« waren, wurden von den Hausknechten herbeigetragen und hineingelegt. Der Kutscher, mit schwarzem Hut und schwarzem Mantel, sah recht vergnügt aus, obgleich er so blaß und mager war wie ein Hungerapostel. Er rief seinen gleichfalls mageren Rappen ein hohl klingendes Hü! zu, und langsam bewegte sich das Fuhrwerk in den »Tunnel« hinein.

Inzwischen nahm das Tanzvergnügen seinen ungestörten Fortgang.

Morgens früh, sobald es anfing zu dämmern, begab ich mich ein paar Meilen zurück und suchte den Fußweg auf, welcher, rechts neben der Chaussee allmählich im Walde aufsteigend, nach der »Bergstadt« führte, von der ich so viel Rühmliches und Wunderbares gehört hatte, daß ich den Entschluß faßte, sie aufzusuchen.

Ich gesellte mich zu vier munteren Wanderburschen, die auch schon dahin unterwegs waren. Sie sahen sehr unternehmend aus und hatten ein großes Wort und sagten, da wollten sie bis Mittag schon droben sein, noch ehe der Löffel ins Warme ginge. Sie erzählten mir auch gleich, wie sie hießen und wo sie her wären und was sie für ein Metier hatten.

Es waren vier »gute Vorsätze«.

Sie stammten aus einer fetten Gegend, aus Hinnum bei Herrum, wo man die guten Schmalzkücheln backt und die Kirchweih acht Tage dauert.

Der eine hieß Willich, der andere hieß Wolltich, der dritte hieß Wennaber und der vierte hieß Wohlgemut.

Willich hatte eine rote Nase, Wolltich ein rundes Bäuchlein, Wennaber eine schwarze Hornbrille, und wie verdammt hübsch der Wohlgemut aussah, das wußte er schon selber.

Natürlich fragten sie jetzt auch nach meinen Verhältnissen, worauf ich erwiderte: »Ich bin aus leer, und denke sehr und weiß noch mehr, wie ich aber heiße, das sag ich Euch nicht.«

»Dann soll er Spirrlifix heißen!« rief der neckische Wohlgemut.

Und darüber lachten die drei andern, daß dem Willich die Nase blau wurde, dem Wolltich drei Knöpfe aus der Weste sprangen und dem Wennaber die Brille anlief vor Freudentränen.

Ich war nicht erbaut von solchen Späßen. Ich schwang mich nach oben und schwebte mindestens drei Meter hoch über der Gesellschaft.

Unter lebhaften Gesprächen marschierten sie bergan.

Mittlerweile stieg die Sonne auch höher und schien schon recht warm durch die Bäume. Wolltich der Dicke zog seine Joppe aus und hing sie an den Stock; Wohlgemut fing an zu flöten.

»Jungens, rennt nicht so!« sagte Willich. »Ich habe mir am linken Hacken eine Blase gelaufen!«

»Wenn wir nur kein Gewitter kriegen!« meinte der bedenkliche Wennaber.

Unter etwas weniger belebten Gesprächen marschierten sie bergan. Inzwischen stieg die Sonne noch höher und schien brühwarm durch die Bäume.

Willich blieb stehn.

»Was meint Ihr zu dieser?« sprach er lächelnd und zog eine bedeutende Flasche hervor.

Wolltich blieb auch stehen.

»Was meint ihr zu der?« sprach er schmunzelnd und zog eine noch bedeutendere Wurst aus dem Ranzen.

Wennaber blieb gleichfalls stehen.

»Wenn wir nur nicht« – fing er zögernd an, aber Wohlgemut, der ebenfalls stehengeblieben, schnitt ihm das Wort ab und rief freudig: »Heraus mit der Klinge!« und klappte unternehmend sein Taschenmesser auf.

Dann suchten sie sich ein kühles Plätzchen, breiteten ihre Schnupftücher auf den Rasen und servierten das Frühstück. Ich setzte mich auf einen dürren Ast und sah zu.

»Spirrlifix, komm runter!« rief mir der gutmütige Wolltich zu und zeigte die Wurst her, und Willich schwenkte die Flasche.

Ich dankte. Ich war erhaben über dergleichen.

»Wer nichts mag, ist der Beste!« scherzte Wohlgemut, und das brachte Wolltich ins Lachen, und dann kriegte dieser einen Hustenschauer, und der ängstliche Wennaber klopfte ihm den Rükken, daß er nur wieder zu Atem kam.

Und nun langten sie zu und zeigten, was sie konnten, und daß sie tatkräftige Leute waren, wenn's ernstlich drauf ankam.

Willich ließ den Wein leben, Wohlgemut die Weiber und Wennaber fing an: »Es lebe die Weis« – – aber ehe er ausgesprochen, schrie Wolltich: »Es lebe die Wurst!«

Darauf, als sie sich ausreichend erquickt hatten, marschierten sie unter den lebhaftesten Gesprächen wieder bergan.

Inzwischen stieg die Sonne so hoch, wie sie nur konnte. Fast perpendikulär von oben blickte sie durchdringend auf die Schädel der Wanderer. Das Gespräch stockte. Die Schritte erlahmten.

Zuerst blieb Willich zurück. Rechts vom Wege stand ein dikker Baum. Hinter diesen setzte sich Willich, zog seinen linken Schuh aus und rieb sich überhaupt mit Hirschtalg ein.

Dann blieb Wolltich zurück. Rechts vom Wege stand noch ein dicker Baum. Hinter diesen setzte sich Wolltich.

Wennaber und Wohlgemut, welche nichts davon gemerkt hatten, marschierten schweigsam bergan.

Wir zogen am Rande eines sandigen Abhangs hin, der sich bis unten ins Tal erstreckte, und befanden uns nun an einer Stelle, von wo man eine dankbare Aussicht nach links hatte. Am Fuße des Berges sah man deutlich das reizende Etablissement liegen, welches ich in der Frühe verlassen hatte. Es tönte Musik herauf. Es war Gartenkonzert.

Jetzt blieb Wohlgemut auch zurück. Rechts am Wege stand noch ein dritter dicker Baum. Hinter diesen stellte sieh Wohlgemut, kriegte sein Perspektiv heraus, und als er durch dasselbe bemerkte, daß unten im Garten viele hübsche Mädchen saßen, schob er's wieder ein, schlich sich an den Abhang und ließ sich hinunterrutschen.

Willich, der eben wieder hinter seinem Baume hervortrat und sogleich sah, wo Wohlgemut hin wollte, fing gleichfalls das Rutschen an, und Wolltich, der ebenfalls wieder hinter seinem Baume hervorgetreten war und dem die Sache auch gleich einleuchtete, rutschte auch hinterher.

So marschierte denn nun der nachdenkliche Wennaber, welcher die Abwesenheit seiner Kollegen nicht beachtet hatte, nur allein noch bergan.

»Kinder!« sprach er. »Je mehr ich mir diese Sache, die wir vorhaben, überlege, je mehr finde ich, daß diese Sache, die wir vorhaben, sehr zweifelhaft ist. Wie denkt Ihr darüber?«

Bei diesem Worten drehte er sich um, und als er niemanden sah, sprach er:

»Meine Brille ist angelaufen, denn ich habe transpiriert!«

Er setzte sie ab und putzte sie mit Hilfe seines Rockschlappens, und dann setzte er sie wieder auf. Aber seine Kollegen konnte er nicht dadurch wahrnehmen. Doch ja! Dort unten rutschen sie.

Wennaber war sehr geneigt zum Überlegen, wenn er aber mal wußte, was er eigentlich wollte, dann war sein Entschluß kurz, fest und unabänderlich.

So auch jetzt. Er setzte sich rittlings auf seinen Wanderstab und rutschte gleichfalls den Berg hinunter und kam fast noch eher an als die drei andern.

Ich stieg weiter. Der Weg machte eine steile Wendung nach rechts hinauf.

Auf einmal gab's ein Gerassel. Erst kam mir etwas Steingeröll entgegengekollert, dann ein Sack voll Geld, dann ein runder Filzhut, dann eine goldene Schnupftabaksdose, dann ein runder Herr mit einem mannigfaltigen Charivari an der Uhrkette, was hauptsächlich das Rasseln tat, und dann rutschten sie alle nacheinander den Abhang hinunter, bis unten in den Chausseegraben. Hier angelangt inmitten seiner Effekten, verharrte der Reisende zunächst in einer liegenden Stellung. Darnach setzte er sich zunächst auf den Geldsack und nahm eine Prise und besah sich die Rutschbahn, die er soeben durchmessen hatte. Darnach klopfte er seinen staubigen Filzhut aus, warf den Sack auf die Schulter und begab sich in das Wirtshaus »Zum lustigen Hinterfuß«.

Ich stieg weiter. Der Weg wurde steiler und steiler.

Vor mir schritt ein Wanderer, ein Handelsmann, wie's schien, welcher eine Kiepe mit Glaswaren auf dem Rücken trug. Er ging mühsam und bedächtig, und als er einen passenden Baumstumpf fand, stellte er die Kiepe darauf und setzte sich ins Gras daneben, um auszuruhn.

»Ach Gott!« sprach er seufzend. »Wie muß der Mensch sich plagen!« Sofort, nachdem er diese Äußerung getan hatte, kam ein Wirbelwind durchs Gebüsch dahergerauscht und warf den Korb auf die Erde, daß alle Gläser zerbrachen.

»Sieh!« rief der erschrockene Handelsmann. »Kaum sagt man ein Wort, so stößt Er einem die Kiepe auch noch um!«

Er war sehr niedergeschlagen. Aber bald faßte er sich wieder, ging an den sandigen Abhang, setzte sich in die leere Kiepe, benutzte seinen Stecken als Steuer und kutschierte eilig ins Tal hinunter. Es dauerte auch nicht lange, so sah ich ihn drunten im Wirtsgarten, und der Herr mit dem Charivari und die vier guten Vorsätze hießen ihn bestens willkommen. Es mußten wohl alte Bekannte sein. Und die Musik spielte grade ein herrliches Potpourri.

Ich stieg weiter. Die Bäume wurden knorriger, die Felsen schroffer.

In einer Höhle, auf seinem Sitze festgebunden, den Rücken nach dem Lichte, das Gesicht nach der Wand gekehrt, saß der unglückliche Mensch, der, nun schon mehr als zehntausendmal wiedergeboren, doch noch immer von den Dingen, welche draußen vorbeipassierten, nichts weiter zu erkennen vermochte als ihre Schatten, die sie vor ihm an die Wand warfen.

Als ich vor der Öffnung der Höhle einige Sekunden stillstand, hielt er mich für einen schwarzen Fliegenklecks an seiner Mauer und begrüßte mich als solchen.

Mit überlegenem Lächeln verließ ich ihn.

Noch ehe ich um die nächste Felsenecke gebogen, vernahm ich ein klatschendes Geräusch, ähnlich dem, welches die Köchin verursacht, wenn sie den Braten klopft.

Nicht lange, so befand ich mich einem tätigen Manne gegenüber, der sich vermittelst eines Ochsenziemers dermaßen den entblößten Rücken zerpeitschte, daß man wohl sah, es waren Schläge, die Öl gaben.

»Was treibt Ihr denn da, guter Freund?« so fragt ich ihn.

»Das Leben ist ein Esel! Ich prügle ihn durch!« so schrie er und arbeitete weiter.

Ich begab mich höher hinauf.

Nicht lange war ich gestiegen, als ich auf einem kahlen Platze einen kahlen Mann sitzen sah, der immer in dieselbe Stelle guckte.

»Was treibt Ihr denn da, bester Freund?« so fragt ich ihn.

»Das Leben ist ein Irrtum! Ich denke ihn weg!« gab er zur Antwort. Er hatte sich schon alle Haare weggedacht und dachte doch immer noch weiter.

Ich begab mich höher hinauf; und alsbald, so erreicht ich eine verfallene Einsiedelei, worin auf einem bemoosten Steine ein bemooster Klausner sich niedergelassen, der kein Glied rührte. »Was treibt Ihr denn da, alter Freund?« so fragt ich ihn.

»Das Leben ist eine Schuld! Ich sitze sie ab!« so gab er zur Antwort und saß ruhig weiter.

Er mußte wohl schon lange gesessen haben, denn ein Faulbaum war ihm kreuz und quer durch die Kutte gewachsen, und in seiner Kapuze saß ein Wiedehopfsnest mit sechs Jungen, die sich weiter keinen Zwang antaten.

Nicht lange, nachdem ich diesen würdigen Eremiten respektvoll verlassen hatte, wurde der Wald weniger knorrig und plötzlich ganz hell.

Vor mir ausgebreitet lag eine weite, grüne, blumenreiche Wiese, in deren Mitte sich ein mächtiges Schloß erhob. Es hatte weder Fenster, noch Scharten, noch Schornsteine, sondern nur ein einziges fest verschlossenes Tor, zu dem eine Zugbrücke über den Graben führte. Es war aus blankem Stahl erbaut und so hart, daß ich trotz verschiedener Anläufe, die ich nahm, doch partout nicht hineinkonnte. Eine peinliche Tatsache. Die Freiheit des unverfrorenen Überalldurchkommens, auf die ich mir immer was eingebildet, war entweder merklich geschwunden, oder es gab Sachen, die mir sowieso schon zu fest waren.

Ich fragte einen steinalten Förster, der am Rande des Waldes stand, was denn das hier eigentlich wäre. Er schien nicht gut hören zu können, legte die Hand hinters Ohr, sah mich stumpfsinnig an und sog dabei heftig an seiner kurzen Pfeife, die er jedenfalls lange nicht rein gemacht hatte. Sie gurgelte und schmurgelte.

Eduard schnarche nicht so!

rief die Stimme. Ich hörte nicht weiter hin, sondern fragte den Förster zum zweiten Male:

»Alter Knasterbart! Könnt Ihr mir nicht sagen, was das hier für ein Schloß ist?«

»Kleiner Junker!« gab er zur Antwort. »Zu denen, die das nicht wissen, gehöre auch ich. Dahingegen mein Großvater, der hat mir oft gesagt, daß er es auch nicht wüßte, aber was sein Großvater gewesen wäre, der hätte ihm oft erzählt, es wäre so alt, daß das Ende davon weg wäre; und daß da ein heimlicher Tunnel wäre zwischen dem Schloß hier oben und dem Wirtshaus da unten, das hat er auch noch gesagt!«

»Was?« dacht ich. »Kleiner Junker?« Ich drehte dem alten Trottel den Rücken zu und sah nach dem Schlosse.

Auf der Wiese trieben sich viele kleine pechschwarze Teufelchen umher. Sie schwangen Netze, erhaschten Schmetterlinge und spießten sie auf feine Insektennadeln.

Jetzt öffnete sich das Tor. Ein langer Zug von ganz kleinen rosigen Kinderchen drängte heraus über die Brücke. Sofort ein heiteres Spiel beginnend, purzelten sie lachend zwischen den Blumen herum. Aber auch die Teufelchen kamen herbeigesprungen und neckten und balgten sich mit ihnen, und da die Teufelchen abfärbten, so kriegte jedes seinen kleinen Wischer weg, als hätten sie »schwarzen Peter« gespielt.

Auf den Bäumen, welche die Wiese begrenzten, saßen zahlreiche Storchnester. In jedem stand ein Storch auf einem Bein und sah bedächtig prüfend den kindlichen Spielen zu. Plötzlich flogen sie alle zusammen auf die Wiese hinunter. Jeder nahm sein Bübchen oder Mädchen, welches er sich ausgesucht hatte, in den langen Schnabel, und fort ging's hoch über den Wald weg.

Ein allgemeines Wehgeschrei erfüllt die Lüfte. Und die Teufelchen schrien lustig hinterher:

Storch Storch Stöckerbein
Kehr bei meiner Großmutter ein!
Triffst du sie zu Hause,
Laß dich von ihr lause.

Und dann schlugen sie freudige Purzelbäume mit großer Behendigkeit.

Da der Fußweg, welchen ich bislang verfolgt hatte, hier zu Ende war und ich über die Stadt am Berge auch keine nähere Auskunft erwarten konnte, schwenkte ich auf gut Glück etwas nach rechts in den Wald hinein, wo ich denn nach kurzer Zeit an einen Wildbach gelangte, der rauschend vorübereilte.

Ein dichtes Dornengestrüpp versperrte mir die Aussieht. Als ich mich mühsam hindurchgearbeitet, tat sich weithin das Land auf; und nun sah ich erst, daß an der rechten Seite des Gebirges aus dem tiefen fernen Tale noch ein zweiter Pfad zu der beträchtlichen Höhe führte, die ich von links her erreicht hatte.

Der Pfad war sehr schmal. Stille Pilger, jeder sein Päckchen tragend, zogen herauf.

»Nur langsam, Freundchen! Ich will auch noch mit!« rief ich, als sie an mir vorüberkamen, einem der Wanderer zu.

Mit ruhig mildem Blicke mich ansehend sprach er: »Armer Fremdling! Du hast kein Herz!«

Betroffen blieb ich stehn und sah ihnen nach. Sie wandelten bescheiden ihres Weges weiter. Sie kamen an das Wasser. Ein schmaler Steg führte hinüber. Hinter dem Stege, in einem Gemäuer, tat sich ein enges Pförtchen auf. Die Pilger traten ein. Das Pförtchen schloß sich wieder.

Neugierig, wie ich war, versucht ich gleichfalls hineinzugelangen; aber das Pförtchen hatte nicht einmal ein Schlüsselloch, und auch die Mauer, welche sich rechts und links unabsehbar weit ausdehnte, war undurchdringlich für mich. Ich erhob mich und schaute hinüber. Eine herrliche Tempelstadt, ganz aus Edelsteinen erbaut und durchleuchtet von wunderbarem Lichte, viel schöner als Sonnenschein, stieg zum Gipfel des majestätischen Berges empor.

Mit kräftigem Schwunge versucht ich dahin zu fliegen. Ein heftiger Stoß war die Folge. Über der ersten Mauer stand noch eine zweite, die ich nicht bemerkt hatte, unendlich hoch, vom reinsten, durchsichtigsten Kristall.

Eine Weile noch schwirrt ich dran auf und nieder, wie eine Stubenfliege an der Fensterscheibe, dann fiel ich erschöpft zu Boden, daß es klirrte, wie eine »tönende Schelle«. –

Da lag er nun, der kleine eingebildete Reiseonkel; ein Häufchen, kaum der Rede wert, und doch beleidigt über die ungefällige Hartnäckigkeit mancher Dinge, die ihm verquer kamen!

Plötzlich kam was über mich, wie ein Schatten. Als ich aufblickte, war's einer von den kleinen abscheulichen schwarzen Teufeln von vorhin auf der Wiese.

»Aha! Bist da, du Lump!« schrie er und zog sein grinsendes Maulwerk auseinander, daß es von Ostern bis Pfingsten reichte.

Erschreckt und verdattert fing ich an zu schwitzen und zu stottern und zu beteuern und kläglich zu rufen: »Ich b-b-bin ja gar nicht so übel! Ich b-b-b-bin ja gar nicht so übel!«

»Also auch das noch!« kreischte der Schwarze. »Warte nur, dich wollen wir schon kriegen!« Und damit steckte er seine lange rote geräucherte Zunge heraus und hob sein Schmetterlingsnetz in die Höhe und wollte mich einfangen.

Ich, nicht faul, tat einen Satz hoch in die Luft; der Teufel auch. Ich flog im Zickzack; der Teufel auch. Dann schoß ich wieder tief in den Wald hinab; der Teufel auch. Ich lief um einen Baum herum, in einem fort, wohl hundertmal hintereinander; der Teufel auch; dicht hinter mir; und jetzt wär ich sicher erwischt worden, hätte nicht grad ein baumlanger Riese dagelegen, Maul offen, Augen zu, ein stattlicher Mann – mir war, als müßt ich ihn kennen – der fest zu schlafen schien.

Die Not war groß. Besinnungslos stürzte ich mich in den offenen Rachen hinein. –

Als ich wieder zu mir selbst gekommen, befand ich mich in einer Art von Oberstübchen mit zwei Fenstern. Der Morgen dämmerte herein. An den Wänden hingen Bilder, die, so schien's mir, nicht viel Ähnlichkeiten hatten mit dem, was sie vorstellten. Der Zeiger der Wanduhr stand auf halb sieben. Es war noch nicht aufgeräumt. Ein Geruch von gebrannten Kaffeebohnen machte sich bemerklich.

Noch halb und halb in Verwirrung stolperte ich die dunkele Treppe hinunter. Behutsam drückte ich eine Türe auf. Es war ein matt erhelltes Zimmer mit roten Vorhängen. Auf einem goldenen Thrönchen saß die schönste der Frauen, ein Abbild meiner angebeteten Elise.

Ich warf mich zu ihren Füßen. Anmutig lächelnd öffnete sie die Lippen.

Und wieder vernahm ich eine Stimme, aber sanft und lieblich, und es klang wie Flötentöne, als sie rief:

»Eduard steh auf, der Kaffee ist fertig!« –

Ich erwachte. Meine gute Elise, unsern Emil auf dem Arm, stand vor meinem Bette.

Wer war froher als ich. Ich hatte mein Herz wieder und Elisen ihr's und dem Emil sein's, und, Spaß beiseit, meine Freunde, nur wer ein Herz hat, kann so recht fühlen und sagen, und zwar von Herzen; daß er nichts taugt. Das Weitere findet sich.

Hiermit beschloß Freund Eduard die Geschichte seines Traumes.

Mit der größten Nachsicht hatten wir zugehört. Wir erwachten aus einer Art peinlicher Betäubung, in die man ja immer zu verfallen pflegt, wenn einer einem länger was vordröhnt, ohne daß man Gelegenheit findet, sein Wörtchen mit dreinzureden. Wir waren auch sonst nicht so befriedigt, wie es wohl wünschenswert. Wir hatten doch mancherlei Dinge vernommen, die dem Ohre eines feinen Jahrhunderts recht schmerzlich sind. Wozu so was? Und dann ferner. Warum gleich lumpig einhergehen und es jedermann merken lassen, daß die Bilanzen ein Defizit aufweisen? Würde es nicht vielmehr schicklich und vorteilhaft sein, sich fein und patent zu machen, wie es der Kredit des »Hauses« erfordert, dem als Teilhaber anzugehören wir sämtlich die Ehre haben?

Übrigens ist es nicht schlimm mehr, nun die Sache gedruckt ist; denn, man mag sagen, was man will, der passendste Stoff, um Schrullen, die sich nun mal nicht unterdrücken lassen, auf das bescheidenste drin einzuwickeln und im Notfall zu überreichen, ist der Stoff des Papiers.

Ein Buch ist ja keine Drehorgel, womit uns der Invalide unter dem Fenster unerbittlich die Ohren zermartert. Ein Buch ist sogar noch zurückhaltender als das doch immerhin mit einer gewissen offenen Begehrlichkeit von der Wand herabschauende Bildnis. Ein Buch, wenn es so zugeklappt daliegt, ist ein gebundenes, schlafendes, harmloses Tierchen, welches keinem was zuleide tut. Wer es nicht aufweckt, den gähnt es nicht an; wer ihm die Nase nicht grad zwischen die Kiefern steckt, den beißt's auch nicht.

ANHANG

Editorische Notiz

Grundlage der vorliegenden Textauswahl ist die folgende Ausgabe:

Wilhelm Busch: Gesammelte Werke. 7 Bände. Herausgegeben von Friedrich Bohne. Zürich 1974.

Daten zu Leben und Werk

1832
Heinrich Christian Wilhelm Busch wird am 15. April in Wiedensahl geboren.

1838
Beginn der Schulzeit in Wiedensahl.

1841
Mit dem in diesem Jahr geborenen Bruder Otto hat Busch inzwischen vier Geschwister (Fanny, geb. 1834; Gustav, geb. 1836; Adolf, geb. 1838). Da die Verhältnisse der Familie beengt sind, wird Wilhelm Busch im September zur weiteren Ausbildung zu seinem Onkel, dem Pastor Georg Kleine nach Ebergötzen gegeben. Gleichwohl werden in den folgenden Jahren zwei weitere Geschwister (Anna, 1843; Hermann, 1845) geboren.
Unterricht durch den Onkel Kleine, Beginn der Freundschaft Buschs mit Erich Bachmann.

1846
Umzug der Familie Kleine nach Lüthorst.

1847
Beginn des Studiums an der Polytechnischen Schule in Hannover.

1851
Beginn des Studiums an der Kunstakademie Düsseldorf.

1852
Wechsel zur Königlichen Akademie der schönen Künste nach Antwerpen.

1853
Wegen einer Typhus-Erkrankung kehrt Busch im Frühjahr nach Wiedensahl zurück.

1854
Ab November studiert Busch an der Königlichen Akademie der Künste in München, er wird Mitglied im Künstlerverein »Jung-München«. Ab 1855 verschiedene Wohnungen in München, dazwischen Aufenthalte u. a. in Lüthorst, Wiedensahl, Hannover und Wolfenbüttel.

1859–1871
Busch zeichnet und schreibt Beiträge für die *Fliegenden Blättern* und den *Münchener Bilderbogen*. 1864 erscheinen die *Bilderpossen*, 1865 *Max und Moritz*.

1867
Besuch beim Bruder Otto in Frankfurt a. M. Busch lernt Johanna, Nanda und Letty Kessler kennen. *Hans Huckebein, der Unglücksrabe* erscheint.

1868
Umzug Buschs nach Frankfurt a. M. Tod des Vaters.

1870
Tod der Mutter. Prozess wegen »Herabwürdigung der Religion und Erregung öffentlichen Ärgernisses« aufgrund der Publikation *Der heilige Antonius von Padua*.

1871
Alle Veröffentlichungen Buschs erscheinen von nun ab bei der Bassermannschen Verlagsbuchhandlung.

1872
Umzug nach Wiedensahl zur Schwester Fanny und zum Schwager Hermann Nöldeke. *Die fromme Helene*, *Bilder zur Jobsiade* und *Pater Filucius* erscheinen.

1873
In der Künstlergesellschaft »Alloria« in München lernt Busch u.a. Franz Lenbach, Friedrich August Kaulbach und Lorenz Gedon kennen.

1874
Reise nach Brüssel, Brügge und Antwerpen.

1875
Briefwechsel mit Maria Anderson, mehrere Aufenthalte in Wolfenbüttel. *Abenteuer eines Junggesellen* erscheint.

1877
Zerwürfnis mit Johanna Kessler. Mit *Julchen* erscheint nach *Herr und Frau Knopp* (1876) und den *Abenteuern eines Junggesellen* der dritte Teil der *Knopp*-Trilogie.

1878
Italienreise. Tod des Schwagers Hermann Nöldeke.

1879
Umzug mit der Schwester Fanny in das Pfarrwitwenhaus in Wiedensahl. Tod des Bruders Otto. *Fipps, der Affe* erscheint.

1881
Letzter Aufenthalt in München. Diagnose eines chronischen Magenleidens.

1882
Plisch und Plum erscheint.

1883
Balduin Bählamm, der verhinderte Dichter erscheint.

1884
Maler Klecksel erscheint.

1886
Zweite Italienreise. *Was mich betrifft* erscheint.

1888
Tod des Bruders Gustav. Aufenthalte u. a. in Ebergötzen, Lüthorst, Wolfenbüttel und Amsterdam.

1891
Versöhnung mit Johanna Kessler. *Eduards Traum* erscheint.

1893
Der Nöckergreis und *Von mir über mich* erscheinen.

1898
Umzug mit der Schwester Fanny zum Neffen, Pastor Otto Nöldeke, nach Mechtshausen.

1904
Zu guter Letzt erscheint.

1907
Im August stirbt der Freund Erich Bachmann. *Meiers Hinnerk* erscheint.

1908
Busch stirbt am 9. Januar in Mechtshausen, am 13. Januar wird er auf dem Friedhof in Mechtshausen beigesetzt. Postum erscheinen *Hernach* und *Schein und Sein* (1909).

Aus Kindlers Literatur Lexikon: Wilhelm Busch, ›Max und Moritz‹

Für »eine Art kleiner Kinder-Epopöe« gab Busch seine populärste, 1865 erschienene Verserzählung und Bildergeschichte aus. Die Erwachsenen, arglos dem Schein vertrauend, nahmen und nehmen ihn bis heute beim Wort. Buschs Verse, unverwechselbar durch ihre lakonische Kürze und entwaffnende Logik, mühelos erlernbar dank ihres geschwinden glatten Rhythmus und ihrer saloppen Reime, sind auf die Auffassungsgabe von Kindern zugeschnitten. Ihrem Gedächtnis prägen sich die sieben Fabeln ohne Umschweife ein – ihre Knappheit und die schlagende Lustigkeit ihrer Pointen sind ohne Beispiel in der Geschichte der komischen Verserzählung. Buschs kritischer Impetus aber richtete sich, wie verdeckt auch immer, gegen die Erwachsenen. Deren Kleinbürgertum war ihm zuwider. Er fuhr ihm in die Parade durch die Bosheiten von Max und Moritz, Bosheiten, die nur die aggressive – satirisch überzogene – Reaktion auf Beschränktheit und tristes Reglement der Älteren sind.

Auf die Erzieher z.B. – einer von ihnen ist der Lehrer Lämpel – sind die Verse gemünzt: »Nicht allein am Schreiben, Lesen, / Übt sich ein vernünftig Wesen; / Nicht allein in Rechnungssachen / Soll der Mensch sich Mühe machen; / Sondern auch der Weisheit Lehren / Muß man mit Vergnügen hören.« Das Vergnügen, das die Kinder sich nicht selbst bereiten dürfen, wird ihnen anbefohlen – für Weisheiten von wahrhaft freudloser Borniertheit: »›Ach!‹ – spricht er –, ›die größte Freud, / ist doch die Zufriedenheit!‹« Ähnlich steht es um den Streich gegen die Witwe Bolte. Deren Lebensinhalt – drei Hühner und ein Hahn – ist ein wahrhaft menschenunwürdiger, wert, dass ihm der Garaus gemacht wird – das komisch pointierte Pathos des Erzählers lässt daran keinen Zweifel: »Fließet aus dem Aug, ihr Tränen! / All mein Hoffen, all mein Sehnen, / Meines Lebens schönster Traum / Hängt an diesem Apfelbaum.« Im romantischen Vokabular richtet Busch einen ganz unromantischen und phantasielosen, auf die Hühnerzucht heruntergekommenen »Lebenszweck«. Der ist, im Falle des Schneiders Böck, verschränkt mit jenem kleinbürgerlichen Langmut, der alle Repressionen geduldig erträgt und Zivilcourage nur noch am nichtigsten Objekt – am Spitznamen (»Ziegenböck / Meck, meck, Meck«) – bewähren kann. Der Schneider fällt auf der Jagd nach den Spitzbuben ins Wasser; in der Tat hat Buschs schadenfroher Bildwitz einen Zug ins Sadistische, Indiz für seinen produktiven Hass und für seine Lust an der Provokation. Er lässt aber dieser Lust nicht die Zügel schießen, sondern distanziert sie, künstlerisch, durch Überspitzung ins Irreale, Groteske: So kunstvoll, dass zwar nicht das Gespann der Übeltäter, wohl aber der leichtgewichtige Schneider dem beschädigten Steg zum Opfer fällt, lässt sich keine Brücke ansägen, und so maßgerecht und stilvoll wie die Hühner der Witwe Bolte hängt sich keine Haustiergruppe auf.

Der Vers ist, wie oft bei Busch, das komische Echo dieser surrealen Bildformen: »Jedes legt noch schnell ein Ei, / Und dann kommt der Tod herbei.« Seine fortgeschrittene Sprachskepsis ließ den Vers nur noch als Parodisten des verbrauchten Lyrismus der Zeit gelten, als resümierenden Sekundanten und epigrammatisch spitzen Kommentator des vielsagenden Bildes: Mit umständlichem Behagen porträtiert Busch die Biederkeit von Spießern, deren Anstand Mangel an Gelegenheit ist, deren verdrängte Affekte und zu kurz gekommenen Triebe sich an Lausbuben rigoros schadlos halten. Gelang es dem Bäcker nicht, das auf Brezeln begierige Paar zu Brot zu verbacken, so ertappt sie schließlich der Bauer Mecke beim Säckeaufschneiden, übergibt sie, auf dem normalen Geschäftsweg, dem Müller, der sie unverzüglich, mit triumphaler Bosheit, verschrotet – zur gesegneten Mahlzeit seines Federviehs und zum Wohl sämtlicher Mitmenschen, denn der Kleinbürger, unsanft am Lebensnerv berührt, ersehnt nichts so sehr als Ruhe und Ordnung um jeden Preis.

Die ironische Verserzählung, nach Heine in die Niederungen des kunstgewerblichen Spaßes und der abgespannten Unterhaltung sinkend, wurde zum letzten Mal durch Busch in den Rang eines Kunstwerks gehoben. Die Popularität von *Max und Moritz* zeigt sich nicht nur in der Gesamtauflage, die inzwischen die Millionen überschritten hat: Das bereits 1878 dramatisierte Werk wurde in viele Sprachen, sogar ins Lateinische, übersetzt; eine Ausgabe in Blindenschrift liegt vor, und es existieren auch Verfilmungen, in die jedoch wenig von der spezifischen Atmosphäre der Erzählung eingegangen ist.

Gert Sautermeister

Aus: Kindlers Literatur Lexikon. 3., völlig neu bearbeitete Auflage. Herausgegeben von Heinz Ludwig Arnold (ISBN 978-3-476-04000-8).

Aus Kindlers Literatur Lexikon: Wilhelm Busch, ›Die fromme Helene‹

In 17 Kurzkapiteln lässt die 1872 erschienene Bildergeschichte das Leben der schlimm-frommen Helene vorüberziehen. Es wird allerdings nicht so dargestellt, wie es sich der deutsche Bildungsbürger seiner Zeit, beeinflusst vom deutschen Bildungsroman, erwartet haben mag: als organische sinnvolle Entwicklung der Persönlichkeit, als Reifungsprozess. Helene ist zeitlebens Gefangene des immergleichen Widerspruchs zwischen kleinbürgerlicher Moral und unbeherrschbaren Triebregungen. Diesen Widerspruch entlarvt Busch in satirischen Variationen. »›Helene!‹ – sprach der Onkel Nolte / ›Was ich schon immer sagen wollte! / Ich warne dich als Mensch und Christ: / Oh, hüte dich vor allem Bösen! / Es macht Pläsier, wenn man es ist, / Es macht Verdruß, wenn man's gewesen!‹« Kein Wunder, dass Helene, halb Kind noch, gegen diese Altersweisheit aufbegehrt. Sie näht zunächst einmal Hals und Ärmel des Nolteschen Nachthemds zu: Es macht ihr ›Pläsier‹, dass sie auf diese Weise den Onkel in seiner Intimsphäre herausfordert und dass der sanfte Onkel, mit Hals und Kopf unselig im Nachthemd verstrickt, zornentbrannt um sich schlägt und das Schlafzimmer verwüstet. Stets wird die Aufdeckung der Intim- und der Triebsphäre bei Busch von der Katastrophe begleitet – ein Zeichen dafür, dass Tugend und Ordnung des Kleinbürgers nur Fassaden sind, hinter denen die Triebe heimtückisch revoltieren. So beobachtet Helene, nun halb erwachsen, allzu lange durch das Schlüsselloch die morgendliche Waschung des Vetters Franz und fällt, aus Furcht ertappt zu werden, die Treppe hinunter, abermals in der Familie Unheil anrichtend. So versetzt Franz dem Onkel und der Tante Nolte einen tödlichen Schreck, weil ein Frosch, den er in Noltes Tabaksdose gesteckt hat, plötzlich auf den Frühstückstisch springt, dort Unordnung stiftet und zuletzt »in Tante ihren Schoß« springt. Noch deutlicher als der Vers reißt hier der Zeichenstift des Autors einen Bereich auf, den Tante und Onkel längst zugunsten der Tugend verleugnen. Für diese Triebverdrängung bezahlen sie mit Aggressionen: Weil Lene nachts die Decke des Ehepaars wegzieht, geraten sich Onkel und Tante in die Haare, die Tante zieht sogar drohend die Hausschlüssel unterm Nachthemd hervor: »Und der Schlüsselbund erklirrt, / Bis der Onkel flüchtig wird.«

Nach diesem Vorfall kann Helene nicht länger auf dem Lande bleiben; sie muss fort und harrt des Mannes, der sie heiraten wird. Inzwischen lenkt sie unerfüllte Triebe flugs in Angriffswut um: Einen Kater, der das bürgerliche Interieur, die Stätte der Ordnung und des wohlgefälligen Scheins, durcheinandergebracht hat, hält sie zwischen Tür und Angel fest. Wie vordem der Frosch als Sexualsymbol figurierte, so jetzt der Katerschwanz, des »Schweifs behaarte Rute«, den Helene rachelüstern in Brand steckt. Später wird diese Funktion ein Regenschirm übernehmen, mit dem ein Kutscher attackiert wird, der einen Pilgerzug von Jungfrauen aufgehalten hat. An der Pilgerfahrt hat auch Helene teilgenommen, weil die mit dem Unternehmer Schmöck endlich eingegangene Ehe kinderlos zu bleiben droht – Schmöck scheint, wie die Hochzeitsnacht vermuten ließ, einseitig dem Essen und Trinken zugeneigt. Abhilfe verspricht hier die Wallfahrt zu einem heiligen Ort der Fruchtbarkeit. Dass bei dieser Gelegenheit der ›heilige‹ Pater Franz, ehemals Vetter Franz, interveniert, kommt Helene sehr zustatten. Nach bestimmter Zeit bringt sie Zwillinge zur Welt, während Schmöck just am Freudentag an einer Fischgräte zugrunde geht. Das ist das Fanal zum bösen Kehraus: Der Pater Franz, den die Heiligkeit nicht vor Ausschweifungen beim Küchenpersonal schützt, wird von einem eifersüchtigen Hausdiener erschlagen; Helene, die sich zur Buße und Askese entschlossen hat, wird Opfer ihrer letzten Liebe: der zum Likör. Der reglementierte, von der Moral verfolgte Trieb lässt sich nicht beherrschen, unsublimiert und deformiert drängt er an die Oberfläche, sei es in Gestalt der Aggression, der Lüsternheit oder der Verfallenheit an den Alkohol.

Es macht Buschs psychoanalytischen Rang aus, dass er den

Streit zwischen dem moralischen Über-Ich und der aufsässigen Triebwelt unbeschönigt darstellt. Dabei wird die Satire gelegentlich bis zur grausamen Groteske verschärft. Seinen künstlerischen Rang verdankt er der Darstellung einer reizvollen Spannung zwischen Vers und Bild: An den Höhepunkten der Geschichten sagt sein Zeichenstift, was das Wort bloß andeutet oder verschweigt, zuweilen verdeckt. Der lakonische, trockene, rhythmisch kaum differenzierte Vers erhält durch das Bild eine mehrdeutige, sinnliche Dimension, die die Geschichten vor Monotonie schützt. Dass die erschreckenden Katastrophenfälle bloß dem Amüsement des Lesers zu dienen hätten, ist ein Missverständnis, das Busch selber nie entschieden abwehrte. Es zeugt davon, mit welcher Geschmeidigkeit sich das kleinbürgerliche Bewusstsein gegen schockierende Einsichten in das Unbewusste absichert und sie zur goldenen Politur des Humors verklärt.

Gert Sautermeister

Aus Kindlers Literatur Lexikon: Wilhelm Busch, ›Kritik des Herzens‹

Die Gedichtsammlung des Autors, der als Verfasser von Bildergeschichten, nicht aber als Lyriker populär wurde, erschien 1874. Das ästhetische Vergnügen, das sein erfinderischer, an überraschenden Einfällen reicher Zeichenstift dem Beschauer bereitet, gewährt der Lyriker Busch nur mehr durch die treffsicheren Wortwitze, die meistens das Ende eines Gedichts markieren. Diese Schlusspointen haben dieselbe Funktion wie die Bildergeschichten: Sie entzaubern die bürgerliche Moral- und Tugendlehre und machen fraglos geltende Konventionen verdächtig.

Als die geheime treibende Kraft anerkannter Verhaltensweisen durchschaute Busch die Eigenliebe, die Lust an der Selbstbespiegelung nicht nur im Streben nach Ehre, Ruhm und Prestige, sondern paradoxerweise auch im Mitgefühl oder in der Selbstkritik. Darin ist er einem anderen Moralisten seiner Zeit, Friedrich Nietzsche, verwandt. Narzissmus wurde Busch dann verhasst, wenn er sich im Erfolgsstreben und in pharisäischer Ordentlichkeit darstellte, begleitet von scheinheilig verklärtem Triebverzicht. Dass die Stürmer und Dränger von einst sich mit so unverfrorener Spießigkeit im Bestehenden einrichteten, konnte Busch ihnen nicht verzeihen. In seiner ganzen Öde erschien das Bestehende ihm, dem Junggesellen, in der Ehe, wo die anfängliche Passion und Gefühlsstärke an den Alltag verraten wird, den eine unsinnliche Moral regiert. An ihrer Stelle wünschte er sich eine freiere, redlichere Sinnlichkeit – und dafür plädierte er in ungeschminkten Versen, die den lesenden Kleinbürger seiner Zeit empörten. Doch seine Kritik, die sich an bestehenden Verhältnissen entzündete, überschritt deren Grenzen nicht: Das eitle, verstockte Privatinteresse erschien ihm als naturgegeben, als menschliche Eigenschaft, nicht als Ausdruck einer veränderbaren gesellschaftlichen Ordnung. Daher rührt der resignative Unterton mancher Gedichte, ihre zuweilen melancholische und pessimistische Nachdenklichkeit.

Wenn dieser Gedichtsammlung kein Erfolg beschieden war, so lag das zum Teil daran, dass sie den Vorstellungen des zeitgenössischen Publikums nicht entsprach: Dem beliebten romantischen Gefühlston stand Buschs prosaische, trockene Sprache mit ihrer lakonischen Kürze so fern wie nur möglich. Die poetische Innigkeit einiger weniger Gedichte gegen Schluss der Sammlung blieb eine Ausnahme. Buschs desillusionierender Witz erinnert gelegentlich an Heine, seine betonte Sachlichkeit und aufklärende Nüchternheit an moderne Lyrik-Tendenzen. Seine Schranke sind jedoch die zahlreichen sorglosen, ›klappernden‹ Reime und die undifferenzierte rhythmische Regelmäßigkeit, die alle metrische Vielfalt durchdringt: Erscheint in den Bildergeschichten der simple glatte Rhythmus dank der Spannung zwischen Vers und Zeichnung als raffinierte Naivität, so verleiht er Buschs Lyrik bei fortschreitender Lektüre ein fast eintöniges Gleichmaß.

Gert Sautermeister